Shmuel Kedi
Der Wald im Treppenhaus

Danksagung

Mein besonderer Dank gilt Marc O. Smie für die wunderbare Gestaltung dieses Buches und für die langjährige Unterstützung in allen kniffligen digitalen Belangen.

Der Wald im Treppenhaus

Shmuel Kedi

Tel Aviv. August 2007.
Der Heimweg

Kapitel 1

Sie trug vier bunte Plastiktüten, prall gefüllt mit Lebensmitteln, in jeder Hand zwei. Ihren Einkauf hatte sie wegen des langen Heimwegs nach bestem Wissen aufgeteilt, bestrebt dasselbe Gewicht in jeder der vier Tüten zu tragen. Sonst wäre sie dazu gezwungen gewesen, die Tüten von der linken zur rechten Hand wieder und wieder zu tauschen. Kurz nach dem Verlassen des klimatisierten Supermarktes überkamen sie zum ersten Mal Zweifel. War ihr Bestreben, die gekaufte Ware in vier gleiche Gewichtseinheiten aufzuteilen, eventuell misslungen? Wenige verschwitzte Schritte später war sie sich ihres Versagens sicher.
Welchen Sinn überhaupt hatte ihr gedanklicher Slalom um die Last ihrer Einkäufe? In der großen Augusthitze glich doch in Tel Aviv jedes körperliche Unterfangen einer Tortur.
Die kurze Strecke, die sie durch die Allenby-Straße führte, lief sie mit tief gesenktem Kopf. Viele der Gebäude in der ehemals prachtvollen Meile waren inzwischen heruntergekommen und einige wurden mit ungeübter Hand fahrlässig bis zur Unkenntlichkeit restauriert. Nachts geisterten dort verarmte Migranten aus vielen Ländern herum. Deren unwürdigen Anblick versuchte sie schon seit zehn Jahren erfolglos zu vermeiden.
Sie bog in die Shenkinstraße ein und entschloss sich, kurzfristig eines der dortigen Cafés zu besuchen. Eine Handlung von Seltenheitswert bei ihren sonst so straff organisierten Finanzen. Sie beabsichtigte nicht, lange im lauten Café zu verweilen, vielleicht nur, bis der Schmerz in ihrem linken Handgelenk nachgelassen hatte.
Die jungen Männer und Frauen am Nachbartisch sahen noch wie Kinder aus!

Wohin bloß verschwanden all die vertrauten Gesichter dieser Stadt? Waren es namenlose Soldaten, die nie aus den Kriegen zurückkehrten, oder die verzweifelten Männer und Frauen, die das Land verlassen hatten?

Nur vor wenigen Tagen, auf dem Heimweg nach dem Besuch eines Konzerts des israelischen Philharmonieorchesters, hatte sie sich geschworen, Gedanken, die einem Irrgarten ohne einen real existierenden Ausgang glichen, zu vermeiden. Ja, endgültig zu vermeiden, weil sie ihr allmählich das unbehagliche Gefühl bescherten, bald endgültig verrückt zu werden. Trotzdem überfiel sie das lästige Grübeln nach einer kurzen Atempause erneut.

Gehört zum Altwerden eine ständige Konfrontation mit der negativen Grundeinstellung, die jemanden dazu verleitet, alles Neue als Permanente Häufung von belanglosen Wiederholungen zu betrachten?

„Wenn Frauen die Schallmauer ihres vierzigsten Geburtstages endlich durchbrochen haben, spätestens dann, Mädchen, sollten sie sich lieber mehr auf ihre geistigen Qualitäten als auf ihre Weiblichkeit besinnen", antwortete ihr Vater geduldig, als sie ihn vor vielen Jahren anlässlich des Geburtstages ihrer Mutter fragte, ob Mama nun eine alte Frau sei. Oder gab es doch noch eine Alterszone zwischen vierzig und sechzig als Schonfrist vor dem endgültigen Eintritt des unliebsamen Altwerdens?

Im Alter von kaum einundzwanzig Jahren, nach dem ersten Jahr in ihrer winzigen Studentenwohnung in Tel Aviv, glaubte sie genug Reife zu besitzen um erahnen zu können, wie sich eine Frau kurz vor ihrem vierzigsten und sogar ihrem fünfzigsten Geburtstag fühlt.

Im kommenden Monat wird sie ihren eigenen fünfzigsten Geburtstag, als getreue Wiederholung der gleichen Inszenierung vom letzten Jahr, erneut alleine feiern.

Auch dieser Geburtstagsabend wird mit der Zubereitung von Spaghetti mit Tomaten und Hackfleischsoße beginnen. Während die Nudeln kochen, zündet sie sich zwei lange gelbe Kerzen an und schenkt ihr Glas randvoll mit teurem spanischem Rotwein ein. Nach dem Mahl und dem folgenden kurzen Telefongespräch mit Anat versucht sie sich erfolglos wie jedes Jahr, in ein neues Buch zu vertiefen, aber nach wenigen Seiten nimmt sie den literarischen Inhalt des Romans nur noch am Rande wahr. Leider hat sie seit einer Ewigkeit kein Buch mehr in ihren Händen gehalten, das mit dem Zauber des Unbekannten versehen war. Grundsätzlich aber pflegt sie, genau wie ihre Mutter, jeden Roman stur bis zum allerletzten Buchstaben zu lesen. Ihr Geburtstag endet wie gewohnt mit der melancholischen Betrachtung ihrer alten Fotoalben, unter dem passenden Segen der Balladen des Sängers Shalom hanoch. Um zwei Uhr nachts fällt sie leicht betrunken auf dem grünen Sofa im Wohnzimmer in den Schlaf.

„Hey, mein Name ist Irit, was darf ich dir servieren?"
Sie bestellte sich einen Milchkaffee, ohne die junge Bedienung eines einzigen Blickes zu würdigen.
Nach wenigen Minuten kehrte die Kellnerin zurück und stellte den Milchkaffee schweigend auf ihren Tisch.
Sie spürte plötzlich den dringenden Wunsch, das Café sofort zu verlassen.
Warum blieb sie dennoch in der gleichen trotzigen Haltung auf ihrem Platz sitzen?
Nur um festzustellen, dass ihr Milchkaffee scheußlich schmeckte? Den jungen Männern und Frauen vom Nachbartisch, die weiterhin ohne Punkt und Komma redeten, mal zu ihrem Gesprächspartner und mal zu einem unsichtbaren Wesen im Handy, schien diese Tatsache verborgen zu bleiben.

Mitte der Siebziger, kurz nach ihrem Militärdienst, mietete sie sich eine Einzimmerwohnung nicht fern von der großen Synagoge in der Allenbystraße. An dem Tag, an dem sie die elterliche Wohnung verließ, zog ihre Mutter in das ehemalige Kinderzimmer ihrer Tochter. Mit dem einzigen Fenster und Blick in den Hof einer Brotbäckerei, die seit Jahren leer stand. Damit wurde ihr der Weg zurück zu ihrer Jugend für immer verwehrt und zum ersten Mal war ihr bewusst geworden, dass ihre Eltern seit der Geburt ihrer einzigen Tochter keinen Sex mehr hatten.

Sie muss sich bei der jungen Kellnerin sofort beschweren. Sie wird ihr ohne Umschweife sagen, dass der Milchkaffee ungenießbar ist!

Das wird sie nicht tun.

Vielleicht doch.

Ja oder nein?

Wenn sie es nur wagen würde, ihre harmlose, aber berechtigte Kritik laut zu äußern, könnte das zu einem unerfreulichen verbalen Gefecht mit der Kellnerin, die wie eine ausgeflippte Kunststudentin aussah, führen. Ein Streit zwischen zwei fremden Personen verursacht immer die gleiche unerträglich negative Intimität. Insbesondere in einem Land im Belagerungszustand, das seine Bewohner dazu zwingt, inzestartig miteinander und noch leidenschaftlicher gegeneinander zu kommunizieren.

Schweigend und wieder ohne der Bedienung in die Augen zu schauen, bezahlte sie die Rechnung. Aus kindischem Trotz sich selbst gegenüber blieb sie noch eine überflüssige Weile sitzen, bevor sie endlich ihre Tüten nahm und das Café verließ.

Bei der Fortsetzung ihres Heimwegs wurde es ihr zur Gewissheit: Die zwei Tüten in der rechten Hand waren wesentlich schwerer als die in ihrer linken. Nach wenigen Schritten unterbrach sie ihren fluchtartigen Marsch und verlagerte die Zuckertüte und die Milchpackung in die linke Plastikfraktion. Ein Gegenstand pro Tüte. Jetzt dürfte die Gewichtsverteilung endlich gelungen sein.

Waren es zwei oder waren es doch drei Jahre? Gleich wird sie sich an den genauen Tag, an dem sie ihr Auto verkauft hatte, erinnern. Bis vor wenigen Jahren besaß sie einen kleinen PKW. Es war ein roter Suzuki, mit dem sie unzählige Reisen bis in die verschollensten Winkel des Landes unternahm. Aber zweifelsohne mochte sie am liebsten die allwöchentlichen Fahrten am Freitagvormittag zum großen Markt im Viertel „Schchunat Hatykva", das nur eine zehnminütige Autofahrt von ihrer Wohnung in der Mazehstraße entfernt war und tief im ärmsten Süden Tel Avivs lag.

Sie parkte ihren kleinen Wagen stets in der gleichen ärmlichen Gasse, im gleichen absoluten Halteverbot und bekam niemals einen Strafzettel.

Für zehn Schekel schob der junge Mann mit den schwarzen, traurigen Augen, der aus Georgien stammte, ihren Einkaufswagen durch das Großmarktgewühl, das tief eingebettet in die Welt der orientalischen Juden war. Eine kurzweilige Stunde flanierte sie vergnügt durch die Gassen des Marktes. Es duftete dort nach Jasmin, Minze, Koriander, Gewürzen, frischem Fladenbrot und gebratenen Falafel. In manchen Gassen stank es penetrant nach verdorbenen Geflügelinnereien, und der Asphalt glich einer klebrigen Masse. Jeder pries seine Ware herrlich lauthals, vulgär und herzlich an. Der Markt lebte aus all seinen Poren. Bunt und lebendig, aller Armut des Orients zum Trotz. Ein Leben im Takt einer morgenländisch pulsierenden Gegenwart, die es in der blitzblanken, stillen Wohnung ihrer Eltern in der Rothschildallee nie geben konnte. Dort lebten drei Seelen in einem selbst auferlegten deutschen Kulturghetto, in der denkbar unpassendsten Region auf Erden.

In ihrer Abwesenheit sprachen Mutter und Vater mit- einander überwiegend Hochdeutsch. Öfter hielt sie „Biene" ganz fest gedrückt an ihren Brustkorb und lauschte im Korridor stehend der Unterhaltung ihrer Eltern. Sobald sie aber im Wohnzimmer erschien, brachen sie ihr Gespräch verschämt ab und setzten es in Hebräisch fort.

Erst kurz nach ihrer Einschulung begannen sie, sich auch in ihrer Anwesenheit zunehmend auf Deutsch zu verständigen. So wurde die Muttersprache ihrer Eltern zu ihrer zweiten Sprache.

„Nur noch eine einzige Ampel, Ruchale!"
Wie schrecklich! Das darf doch nicht wahr sein. Sie hatte wieder mal einen Gedanken laut geäußert. Außerdem war es eine völlig idiotische Entscheidung gewesen, die Milchpackung und die Zuckertüte von rechts nach links zu verlagern.

Wenn sie jetzt zügiger laufen würde, könnte sie die Ampel noch rechtzeitig zur grünen Phase erreichen, um die Rothschildallee ohne Verzögerung zu überqueren. Nur wenige Schritte würden sie dann noch von ihrer Wohnung im verkehrsarmen Abschnitt der Mazehstraße trennen.

Sie erhöhte unkontrolliert das Tempo ihrer Schritte, aber die immer dichter heranrückenden Wolkenkratzer bescherten ihr den entmutigenden Eindruck, auf der Stelle zu laufen.

„Der planlose Bauboom in Tel Aviv wird unsere Stadt bald endgültig ihrer architektonischen Authentizität berauben. Ihr Herz hat sie schon vor Jahren an den schnöden Mammon verloren", flüsterte ihr Vater mürrisch, eher zu sich selbst als zu ihr, bei einem ihrer letzten gemeinsamen Spaziergänge in der Rothschildallee, nicht fern von der Mazehstraße.

Wann war das gewesen?
An dem Mittwoch genau fünf Wochen vor seinem Tod.

Beim Eintreten in das dunkle und verhältnismäßig kühle Treppenhaus blieb sie kurzatmig stehen, drehte sich um und betrachtete mit weit geöffneten Augen wartend die Straße.
Wartete sie auf jemanden?
Fühlte sie sich verfolgt?
Weder noch.
Es war nur ein flüchtiger Anflug von Fernweh, der sich für einen unbedeutenden Moment in ihrer Seele eingenistet hatte.

Nur 49 Stufen trennten sie noch von ihrer Wohnung. Die Stille, die dort herrschte, schenkte ihr einen befristeten Schutz vor dem urbanen Wahn, der einem Tag für Tag den Atem raubte und in ihrer Seele immer die gleiche rätselhafte Unruhe entflammen ließ.

Kapitel 2

Der leichte Verwesungsgeruch einer toten Ratte im Hof oder womöglich hinter den zwei großen rostigen Propangasflaschen unter dem Balkon des ersten Stocks verriet ihr, dass die Kammerjäger vor Kurzem hier gewesen sein mussten. Im Sommer erscheinen sie manchmal jede Woche im Haus. Eine absurde, unnachgiebige und selten gesichtete Todesschwadron.

Der Schmerz in ihrem linken Handgelenk brannte sich seinen Weg durch die Schulter bis zu ihrem Herzen, und sie stand tatsächlich noch immer im Treppenhaus. Bewaffnet mit vier Plastiktüten, die bis zum Rand überhäuft waren mit Produkten, die tagtäglich millionenfach produziert wurden und für jeden und überall käuflich waren.

Am Gestank des toten Tieres im Hof schien sie allmählich Gefallen zu finden. Er verbarg in sich den rätselhaften Hauch eines altbiblischen Zaubers, der ihr nicht zum ersten Mal eine unzerreißbare Verbindung zum besseren Leben versprach. Die Opfergabe lag endlich im Hof. Die Götter dürften ihr gegenüber wieder milder gestimmt sein. Diese und ähnliche magischen Gedankencollagen brodelten nicht selten in ihrem Kopf, wenn sie im Sommer das Treppenhaus betrat.

„Und trotzdem müssen wir jetzt weiter."

Den letzten Gedanken hatte sie zweifelsohne geflüstert.

Anat erzählte, dass sie abends öfter Selbstgespräche über unharmonische Tagesereignisse führe, am häufigsten beim Kochen von scharfen, indischen Gerichten oder beim stupiden Bügeln. Dieses Geständnis aus dem Munde ihrer Arbeitskollegin und langjährigen Freundin zu hören, schien ihr Sympathie erweckend und humorvoll zugleich zu sein.

Die leisen Schritte einer sich nähernden Person versetzten sie für einen kurzen Moment in einen Angstzustand.

Ein schneller Blick auf die Uhr an ihrem Handgelenk verriet ihr, dass ganze neun Minuten verstrichen waren, seit sie die Tüten sanft auf den Boden des Treppenhauses hatte fallen lassen.

„Hi Rachel", rief ihr Nachbar freundlich und stürmte leichtfüßig an ihr vorbei die Treppen hinauf. Ob Moti ahnte, dass sie hier schon zehn Minuten ziellos steht? Ach was! Wie jeder Bewohner dieser Stadt wünschte sich Moti endlich Zuflucht vor der Hitze in seiner kühlen Wohnung zu finden.

Ihr ungewöhnliches Gedächtnis für Daten von Ereignissen aus der Vergangenheit und die Leidenschaft für statistische Zahlen verrieten ihr nach einem blitzschnellen Rechnen, dass sie Moti 15-mal im Jahr im Treppenhaus begegnete. Also insgesamt 255-mal in den vergangenen siebzehn Jahren, in denen sie im gleichen gelbgrauen vierstöckigen Wohnhaus gegenüber der ehemaligen Zentrale der Kommunistischen Partei „Matzpen" wohnte.

Als Moti hierherzog, spielte sie oft mit dem Gedanken, den attraktiven, leisen Mann mit der Gelehrtenstirn zum Abendessen einzuladen. Doch die Tage gesellten sich zu Wochen und diese wiederum wurden zu Monaten, die sich sang- und klanglos der Vergangenheit unterwarfen. Sie ertappte sich häufig um Mitternacht beim gedanklichen Versuch, einen Makel an dem mittlerweile nicht mehr so neuen Nachbarn zu finden. Seine Nase gefiel ihr überhaupt nicht, entschied sie in einer lauen Sommernacht. Sie war zu groß und wiederum nicht groß genug, um seinen weichen Gesichtszügen einen männlichen Ausdruck zu verleihen. In einer ungewöhnlich kalten Winternacht war sie sogar ziemlich sicher, dass Moti schwul sei. Irgendwann gab sie dann gänzlich den Wunsch auf, ihn näher kennenzulernen. Der Ausdruck „näher kennenlernen" widerte sie zutiefst an, weil er alltagsuntauglich, akademisch und platonisch zugleich klang. Die Summe dieser Eigenschaften brachte sie immer wieder zum trüben Sinnieren über die von Einsamkeit umzäunte Ehe ihrer Eltern.

Beim gemeinsamen Mittagessen in der Kantine erklärte ihr Anat, dass eine Gott ähnliche Instanz irgendwo im Universum für jede Begegnung von Bedeutung eine streng bestimmte Frist im Leben gesetzt hat und sie, Rachel Gur, hatte diesen festgelegten Zeitpunkt um mehrere Jahre total verschlafen. Dann nahm Anat einen lauten Schluck aus ihrem Kaffeebecher und fügte verspielt lüstern hinzu: „Eins sage ich dir, meine Liebe, ich hätte an deiner Stelle den hübschen Nachbarn schon am ersten Tag zu einem romantischen Abendessen mit einer Option für ein barfüßiges Frühstück in meine Wohnung eingeladen!" Ihre Freundin hatte Recht. Anat hatte immer Recht und ihre Umgebung gönnte es ihr ohne Neid. Beim Nachtisch eines leckeren, heißen Apfelstrudels mit Vanilleeis bestand ihre Freundin auf einer detaillierten Schilderung der Person Moti Levi. Anschließend flüsterte sie lächelnd „Du bist mir eine! Der Mann ist hoch attraktiv und obendrein ein waschechter Hetero!" Am Ende der Mittagspause wollte Rachel wohlwollend die Kosten des gemeinsamen Mahles entrichten, aber Anat rief mütterlich bestimmend „Lass' dein Portmonee in deiner Tasche ruhen, dieses Mal bin ich dran!"

Seit fünfzehn Minuten stand ihr Leben im verdunkelten Treppenhaus still und nur die Molkereiprodukte in ihren Tüten befanden sich in einem unaufhaltsamen biochemischen Prozess, an dessen Ende sie für alle Ewigkeit verdorben sein würden.

1984 zog es sie nach Deutschland. Warum hatte sie diesen ungewöhnlichen Schritt gewagt? Diese Frage geisterte bereits zwei quälende Jahrzehnte in ihren Nächten umher, um jetzt am Freitagmittag im schattigen Treppenhaus schonungslos den Hauch des Rätsels abzulegen. Dutzende von Antworten standen ihr nun zur Verfügung. Hoch spekulative, glaubhafte und völlig verrückte Antworten.

Anfang der Achtziger, wenige Jahre vor der Vollendung ihres dritten Jahrzehnts auf Erden, ragte ihr Fragenberg dem Himmel entgegen, beängstigend mächtig gegenüber ihrem winzigen Antwortenhügel. Eine Tatsache schien schon damals fest gemeißelt in ihrer Zukunft zu sein: Sie, Rachel Gur, würde nie in Israel ein Kind gebären. Deswegen verließ sie das Land für vier Jahre, die sich endlos hinzogen von einem düsteren kalten Winter zum anderem. Glaubte sie damals tatsächlich, dass es ihr gelingen würde, des großen Krieges zum Trotz den Fluss des Lebens gegen den Strom bis zu seiner Quelle zu schwimmen, um ausgerechnet in dem Land, wo ihre Eltern geboren und verfolgt wurden, selbst ein Kind zu gebären? Wenn es ihr damals gelungen wäre, hätte sie die heilige jüdische Überlebenspflicht ihren Eltern gegenüber erfüllt und somit endlich das erlösende Recht erlangt, sich eines hellen Tages friedlich von dieser Welt zu verabschieden.

Rachel hob behutsam die Tüten an ihrer rechten Seite für wenige Sekunden hoch und ließ sie aus geringer Höhe sanft zu Boden fallen. Dann wiederholte sie das Prozedere mit den Tüten auf ihrer linken Seite. Wie erstaunlich. Ihrer neuen Erkenntnis folgend wogen die linken Einkaufstaschen vorläufig genau so viel wie die rechten.

Kapitel 3

15 Minuten nach zwölf Uhr mittags. Ganze zwanzig Minuten sind vergangen, seit sie schweißtriefend in das Treppenhaus trat. Rachel roch die Duftnote einer toten Ratte, die einst im Verborgenen ein lebhaftes Mitglied der Hausgemeinschaft in der Mazehstraße war, und seufzte leise. Ja, ein leiser Seufzer und kein gesprochener Gedanke. Seufzer aller Couleur waren hier und anderswo nur ein harmloses akustisches Ereignis. Es war nur äußerst fragwürdig, ob eine reife Frau mitten im Leben zwanzig Minuten ohne vernünftigen Grund in einem Treppenhaus ausharren durfte. Mitten im Leben? Was für ein pompöser Begriff. Um welches Leben handelte es sich überhaupt? Auf keinen Fall um das Ihrige. Sie darf hier so lange bleiben, wie sie es als notwendig erachtet. Jeder ihrer Atemzüge in der verdunkelten Stille des Treppenhauses kann ihr letzter sein.

Der Hausmeister des Altbaus in der ruhigen Seitenstraße im Frankfurter Nordend pflegte ihr fast jeden Freitag im Treppenhaus zu begegnen, wenn sie von ihrer Arbeit heimkehrte. Diese allwöchentlichen Begegnungen am Tor zum Sabbat gehörten für sie zum Reich des Schreckens. Immer wieder tauchte der Mann blitzschnell am Eingang seiner Wohnung im Erdgeschoss auf, um sie mit seinem regungslosen Gruß „Guten Tag, Frau Gur" zu überraschen. Der graue Kittel, der seinen hageren Körper umhüllte wie eine zweite, etwas hängende Haut, war stets sauber und glattgebügelt. Seine blauen Augen stachen sie wie zwei Eisdolche und seine Sprache verriet keine Spur von einem Dialekt, der Aufschluss darüber brachte, aus welchem Teil der Bundesrepublik er stammte.

Öfter versuchte sie ihre Heimkehr freitags zu verzögern oder vorzuverlegen. Aber den Hausmeister, dessen Alter sie stets vergeblich versucht hatte zu schätzen, konnte sie nicht überlisten. Manchmal öffnete er die Tür seiner Wohnung, sobald sie den Schlüssel im Schloss drehte, oder auch erst, wenn sie ins Treppenhaus eintrat. Die fünf Meter von der Eingangstür bis zu seiner Wohnungstür bargen erstaunlicherweise unzählige Inszenierungsvarianten in sich. Diese sollten dem Ziel dienen, sie wieder und wieder zu überraschen. Hin und wieder ließ er sie ahnen, dass er eine Eigenschaft besaß, der Humor nicht ganz unähnlich war. Er ließ sie auf Zehenspitzen ins Treppenhaus eintreten und sogar unbemerkt an seiner Wohnung vorbei schleichen, um dann seine Tür leiser zu öffnen und sie mit seinem leblosen „Guten Tag, Frau Gur", just in dem Moment zu Tode zu erschrecken, an dem sie glaubte, ihm entwischt zu sein.

An ihrem vollendeten ersten Jahr in der Keplerstraße, es muss im Sommer gewesen sein, begegnete er ihr einmal beinahe freundlich mit seinem „Guten Tag, Frau Gur". Als sie seinen Gruß erwidern wollte, sagte er: „Bitte, Frau Gur, stellen Sie Ihr Fahrrad nicht ins Treppenhaus! Das hier ist ein anständiges Wohnhaus und kein Lager." Das Wort Lager raubte ihr für eine quälende Minute den Atem und bescherte ihr eine tiefe Depression, die das ganze Wochenende andauerte.

Beinahe drei lange Jahre spielte sie jeden Freitag, bevor sie ins Treppenhaus eintrat, mit dem Gedanken, ihn zu seinem Tun im Zweiten Weltkrieg zu befragen. Sie würde ihm gegenüber stehen, tief in seine eisblauen Augen schauen und ihn in perfektem Hochdeutsch höflich fragen: „Und Sie, Herr Müller, was haben Sie so alles getrieben im Zweiten Weltkrieg?"
Wie hätte er reagiert?

Der Januar, ihr vierter und letzter in Deutschland, war zugleich auch der kälteste von allen. Der zweite Freitag an jenem Januar glich keinem anderen Freitag ihres Lebens. Zum ersten Mal trat sie betont laut ins Treppenhaus. Er sollte bloß versuchen, sie mit seinem fiesen Gruß zu erschrecken. Sie würde ihm furchtlos entgegnen: „Guten Tag, Herr Müller! Hiermit kündige ich die Wohnung für Ende September. Ich verlasse Ihr Land, Gott sei Dank." Würde er sie regungslos anstarren, um sie anschließend mit seinem knappen „Jawohl, Frau Gur!" abzuservieren? Oder würde er möglicherweise zum ersten Mal nach treffenden Worten ringen? Je penetranter der Linoleumgeruch im Treppenhaus geworden war, umso mehr gedieh in ihr die Vorahnung, dass er sie um ihren einzigen Triumph berauben könnte. Als sie mit betont langsamen und lauten Schritten an seiner Tür vorbeilief, drehte sie sich um und betrachtete seine Wohnungstür. Die Tür blieb geschlossen! Verriegelt bis zum Ende des Tages, des Monats und für immer. In schnellen Schritten stieg sie die restlichen Treppenstufen hinauf. Sie blieb verstört vor ihrer Wohnung im zweiten Stock stehen und versuchte vergeblich, sich einen klärenden Blick in ihre verwirrte Seele zu verschaffen. Ihre Lage glich erschreckend der desorientierten Hilflosigkeit, die sie überkommen hatte, als ihr Vater nach seinem zweiten Herzinfarkt von Sanitätern aus der Wohnung in der Rothschildallee in Tel Aviv getragen wurde.
Eine halbe Stunde seifte sie ihren Körper unter der Dusche wieder und wieder ab. Warum tat sie das? Versuchte sie die Aura des Hausmeisters aus ihrer Seele zu waschen und mit ihm auch endlich den Großen Krieg aus ihrem Leben zu entfernen?
Um acht Uhr abends verließ sie ihre Wohnung, beseelt von einer sonderbaren Euphorie, die an Überheblichkeit grenz-

te. Im Erdgeschoß stand sie zum ersten Mal furchtlos vor seiner Wohnungstür.
Es hatte keinen Zweck, sie musste immer öfter zu ihrer Lesebrille greifen. Der weiße Fleck am Türschloss verwandelte sich wie von Zauberhand in einen Plastikstreifen, der den Stempel der Hessischen Polizei trug.
Herr Müller hatte sich leise und unbemerkt von der weiten unsichtbaren Welt jenseits des Treppenhauses in der Keplerstraße das Leben genommen. Frau Schmidt, die Hausbesitzerin, äußerte ihre lakonische Betroffenheit in einem Rundbrief an alle Bewohner des Hauses: „Herr Müller ist in tragischer Weise von uns gegangen. Von nun an wird Herr Watschek die Verwaltung des Hauses übernehmen. Er ist zu erreichen unter der Nummer...".
Überflüssigerweise kennt sie noch heute die Nummer von Herrn Watschek auswendig.
Am Montag erschien in der Frankfurter Rundschau ein winziger Bericht in der Lokalspalte: „Hausmeister tot in seiner Wohnung gefunden." Dem Polizeibericht nach handelte es sich dabei um einen Selbstmord. Der Tote hinterließ keine Angehörigen.
Dienstags um Mitternacht schneite es erneut pausenlos. Sie lag vier Stunden reglos nackt im Bett, mit weit geöffneten blauen Augen. Genau um vier Uhr morgens öffnete sie die Balkontür, ging hinaus und betrachtete das Schneetreiben mit den staunenden Augen eines Kindes.
Die Endgültigkeit ihres Entschlusses, nach Israel zurückzukehren, bescherte der Gegenwart die längst verloren geglaubte Magie der Ferne. Die Trauer des nahen Abschieds von der Stadt am Main schenkte ihr für die verbliebene Stunde vor dem Sonnenaufgang ein hauchdünnes Zugehörigkeitsgefühl, das ihr von ihren Freitagabend-Besuchen bei ihren Eltern jahrelang vertraut war. So sehr wünschte sie sich noch eine Weile die verschneite Stadt zu bewundern, aber die Kälte schien die fremde nackte Frau

auf dem Balkon nicht lange dulden zu wollen, weil sie sich entschieden hatte, das Land zu verlassen. Sie verriegelte die Balkontür, zog sich in die Mitte des spärlich möblierten Wohnzimmers zurück und legte sich auf das Sofa. Dort beweinte sie leise ihre von Grübeln und Belanglosigkeiten gezeichneten geistigen Wanderungen auf der Suche nach den noch nicht gesichteten Spuren von familiärer Geborgenheit in ihrer Kindheit und das Dahinscheiden des armen deutschen Hausmeisters.

Um sechs Uhr früh, als die morgendliche Andächtigkeit endlich die Tränen verdrängte, schallte unerwartet Herrn Müllers Stimme laut aus dem Treppenhaus:

„Guten Morgen, Frau Gur!"

Rasch bahnte sich die Stimme ihren Weg in die verschneiten Straßen, von dort in die fernen Wälder und dem Himmel entgegen. Der Klang seiner Stimme glich bis auf den kleinsten Ton dem Guten-Morgen-Gruß ihres Vaters. Die Stimme des Hausmeisters löste sich in unzählige kleine und gleichmäßige Wellen auf. Dann kehrte die Stille zurück. Danach flossen aus ihren Augen erneut die Tränen.

Seit fünfundzwanzig Minuten steht sie im Treppenhaus des Wohnhauses in der Mazehstraße, am Rande des im Bauhausstil gebauten alten Stadtkerns von Tel Aviv.
Warum?
Weil es ihr gefällt. Was ist daran so schlimm?
„Überhaupt nichts, Ruchale! Aber wie lange willst du noch hierbleiben?"
Sie hat schon wieder laut gedacht.
Wäre ihr Leben ganz anders gelaufen, wenn sie eine Schwester oder einen Bruder gehabt hätte? Seit fünf Jahrzehnten hatte sie diese Tatsache nicht sonderlich beschäftigt.
„Na und!"

Wünschte sie sich lieber einen Bruder oder eine Schwester?
Weder noch!
„In anderen Worten."
Der bescheidene Hauch des Lebens in ihrem Elternhaus reichte kaum für seine drei Bewohner.
„Ich bitte dich. Das geht zu weit!"
Wenn sie ausgerechnet heute und jetzt die Schuldigen an dem unglücklichen Verlauf ihres Lebens anklagen möchte, sollte sie sich gefälligst an Goebbels, Hitler, die Holländer, Franzosen, Kroaten, Österreicher oder besser direkt an Gott persönlich wenden.
„Dann bete doch endlich nur dieses einzige Mal aus tiefstem Glauben zu unserem Gott."
Ich kann es nicht!
„Versuch es mal."
Wie soll das gehen?
Tue es, wie die anderen es tun.
Nein!
Das kann sie nicht. Mutter, Vater und sogar Tante Selda glaubten nicht an Gott. Sie besuchten nicht mal an Jom Kippur die Synagoge.

Tante Selda war eine schwergliedrige Frau. Es schien, als ob sie schon als 45-jährige Frau geboren wurde, um fortan im Schnellverfahren zu altern. Jeden Samstag genau um drei Uhr erschien sie umhüllt von einer hypnotisierenden Eau-de-Cologne-Wolke zum ausgiebigen Kartenspiel in der Rothschildallee bei den Gurs.
Nach genau neunzig Minuten verließ ihr Vater die Damen, um seinen halbstündigen Spaziergang bis zum Springbrunnen in Kikar Dizengoff und zurück zu absolvieren. Erst dann durfte sie auf Tante Seldas bequemem Schoß Platz nehmen. Präzise elf Minuten vor der Rückkehr ihres Vaters

brachen die Frauen ihr Spiel abrupt ab und Tante Selda begann wie gewohnt, Rachels Haare liebevoll zu kämmen. „Ach du, Ruchale ktantonet sheli. Wenn ich so schöne Haare wie du gehabt hätte, Gott weiß, vielleicht wäre mein Leben ganz anders verlaufen", pflegte sie immer klagend in Deutsch zu flüstern, bevor sie von ihrem Platz mit jugendlicher Leichtigkeit aufstand, um sich eine Minute vor Fünf zu verabschieden.
Öfter rief sie betroffen ihrer Tante hinterher: „Aber wieso, Tante Selda, wieso? Warum bist du so schrecklich unglücklich?"
Eine Antwort bekam sie von ihrer Tante nie, aber sie war es längst gewohnt. Fragen kreuzten ihr Leben tagtäglich zu Tausenden, Antworten waren dagegen beschämend selten vorhanden.

Beim trübsinnigen Sortieren des Nachlasses ihrer Eltern, an einem einsamen Samstag, stieß sie auf die Kopien des Antrags ihrer Eltern auf Entschädigung für deren Kriegsleiden. Die knappen, korrekten Formulierungen bargen in sich nur vordergründig keine Überraschung. Enttäuschend und verletzend war aber die Tatsache, dass beide deklariert hatten, alle ihre Verwandten im Krieg verloren zu haben. Die Lüge mit Tante Selda war sicherlich von ihren Eltern lieb gemeint und bis zu ihrem Todestag sogar sinnvoll. Hätten sie doch bloß das Geheimnis um die falsche Tante mit ins Grab genommen! Aber auf Vaters braungrauen Schreibtisch lagen amtliche Dokumente, die es schwarz auf weiß belegten: Sie, Rachel Gur, hatte nie eine echte Tante gehabt!

Kapitel 4

Das neue Quartal fängt erst in einem Monat an. Sie darf noch nicht krank werden, aber ihr geht es plötzlich schlecht. Die Augusthitze ist an allem schuld. Sie beschleunigt den Verwesungsprozess aller toten Tiere in der Stadt und beschert manch unschuldigem Bürger einen unerwarteten Kreislaufkollaps.
Der Geruch der toten Ratte hinter den Propangasflaschen wird immer penetranter. Aber woher bloß nahm sie die Gewissheit, dass das leblose kleine graue Tier hinter den Propangasflaschen liegt und nicht einfach auf dem vergilbten Rasen?
„Das weiß doch jedes Kind. Ratten bevorzugen es, im Verborgenen zu sterben."
Dies war der längste gesprochene Gedanke, seit sie begonnen hatte, ihre Selbstgespräche zu registrieren. Schlimmer noch war die Tatsache, dass sie ihre Gedanken in immer kürzeren Abständen wiederholte.
Der Verwesungsmuff nahm die Gestalt eines unsichtbaren Feindes an. Er kroch in ihren Gaumen und nahm ihren Geschmackssinn in Beschlag, bitter süß. Ein Brechreiz sprang blitzschnell aus ihrem Magen dem Hals entgegen und sie setzte sich stöhnend auf die erste Stufe.

In ihrer Kindheit wurde sie nur zu Quartalsbeginn krank, meistens für eine ganze Woche. Bei den Gurs wiederholte sich jede außerordentliche Handlung nach dem ersten Mal in einem zwanghaft präzisen Intervall, wieder und wieder. Ab ihrem vollendeten dritten Lebensjahr begriff sie, dass unerwartete terminliche Abweichungen im Alltag ihrer Eltern Schäden von unvorstellbarem Ausmaß verursachen konnten. Dieser bedrohlichen Erkenntnis folgend gab sie darauf acht, ihre Krankheiten stets auf den jeweiligen Quartalsbeginn zu verschieben. Die Angst um das Wohlergehen ihrer Eltern brachte sie unbemerkt dazu, die Zahlen auf dem Kalender der Arbeiterpartei - mit dem ewigen Ben-Gurion-Bildnis – schon in ihrem fünften Lebensjahr selbständig zu entziffern.

Es geschah im Winter des Jahres 1963. Ihre Spielkameradin Ruti durfte sie jeden zweiten Donnerstag um vier Uhr für ganze eineinhalb Stunden besuchen.
Am ersten Donnerstag des Monats, der für den Besuch ihrer Freundin nie vorgesehen war, rannten die beiden atemlos der elterlichen Wohnung entgegen, fest entschlossen, ihre Mutter um eine einzige Abweichung von dieser kalendarischen Familienordnung zu bitten. Da stand ihre Mutter still vor der geöffneten Wohnungstür. Auf ihrer Schulter lag die ewige Wollstola mit den gestrickten Gazellen in der Alpenlandschaft. Im Winter wirkte sie älter und verletzlicher.
„Mama, Mama, darf Ruti ausnahmsweise schon heute mit mir spielen? Bitte, nächste Woche hat sie keine Zeit. Da bekommen ihre Eltern Besuch aus den USA", rief sie atemlos.
„Was für eine Frage, Süßerle, natürlich darf sie heute mit dir spielen", flüsterte ihre Mutter lächelnd. Aber ihre Augen strahlten eine tiefe Melancholie aus, und bei ihr keimte damals für einen kurzen Moment der Verdacht auf, dass die Frau am Eingang der Wohnung eine fremde Person war und nicht ihre Mutter.
Rutis einziger Besuch jenseits des dafür bestimmten Intervalls geriet zu einem Fiasko. Die beiden stritten sich zum ersten Mal. Ruti erzählte, dass ihre Mutter behauptete, der Name von Rachels winziger Findelpuppe sei deutsch.
„Biene ist kein deutscher Name", antwortete sie trotzig, ohne in die Augen ihrer Freundin zu schauen. Aber Ruti ließ nicht nach. „Doch, doch, doch, doch, doch. Der Name

ist deutsch, aber wir sind Juden!", rief sie triumphierend. Sie schrie lediglich: „Lo, Lo, Lo nachon" Das stimmt nicht, das stimmt nicht, das stimmt nicht - und brach in bittere Tränen aus. Gerne hätte sie Bienes Würde erfolgreicher verteidigt, aber anno 1963, nur siebzehn Jahre nach dem Holocaust, galt für viele Israelis der bloße Gebrauch der deutschen Sprache als eine Sünde von monströser Dimension.

Kapitel 5

Trotz ihrer eigenen Körpertemperatur von etwa 37 Grad blieb die Betontreppe, auf der sie seit fünf Minuten saß, angenehm kühl.

Jeden Dienstag um neun Uhr erschien der hagere, schwarze Jude aus Äthiopien am Eingang des Wohnhauses am stillen Ende der Mazehstraße. In Abrahams schwarzen Augen loderten Funken von Herzlichkeit, flüchtiger Freude und ewiger Melancholie. Geschwind richtete er seine Putzutensilien her und reinigte das Treppenhaus mit einem Spezialwaschmittel, das mit Unmengen von synthetischem Pfirsichduftextrakt getränkt war. Nach genau fünfzehn Minuten vollendete er in der Regel sein Werk, um zum nächsten Putztermin zu eilen. Aber der Pfirsichduft blieb in synthetischer Zähigkeit noch mindestens drei Tage lang im Treppenhaus hängen.

Wenn sie eines Tages das Haus für immer verlässt, würde es in ihrer Erinnerung immer in einen künstlichen Pfirsichduft eingebettet sein.

„Und jetzt?"

Jetzt ist es der penetrante Geruch einer toten Ratte, der im Haus ständig unsichtbare Zirkel dreht, um ihren Geruchssinn fortwährend aus unerwarteten Winkeln zu überfallen.

Was für ein beängstigender Gedanke geisterte für wenige Sekunden in ihrem Kopf umher: Sie, Rachel Gur, wird eines Tages das Haus in der Mazehstraße für immer verlassen!

Wann wird das passieren?

„Nach dem Tod und keine einzige Minute vorher."

Wieso?

„Denk mal darüber nach."

Vielleicht begegnet sie eines Tages einem Mann, der sie für immer lieben wird, einfach so, wie sie ist.
„Träum' nur weiter."
Ist ihre jetzige Wohnung tatsächlich ihre allerletzte Bleibe auf Erden und zugleich ihr ganz privates Mazada?
Die tapferen Verteidiger der Festung Mazada am Toten Meer hatten angesichts der anbahnenden endgültigen Kapitulation vor den römischen Legionären sich in einem kollektiven Selbstmord gegenseitig umgebracht und so die Römer ihrer Siegesfreude beraubt.
Steht sie selbst auch vor der endgültigen Kapitulation? Will sie deswegen dem Tod zuvor kommen?
Ein äußerst seltenes Ereignis geschieht. Ein Lächeln breitet sich auf ihrem Gesicht aus.
„Aber jetzt erzähl' mir bitte schön, warum du so glücklich lächelst!"
So eine heikle Frage darf doch jeder Mensch äußern, oder?
„Was ist so heikel an dieser Frage?"
Es geht um Leben und Tod.
„Ich brauche mehr Informationen darüber."
Diese Frage kann sie mit einer ganz langen und tiefgründigen Erklärung beantworten oder es ersatzweise anhand von zwei verschiedenen Düften lakonisch erklären. Sie lachte wegen des Pfirsichduftes und des Verwesungsgeruchs der toten Ratte hinter einer Propangasflasche im Hof. Nein, das stimmt nicht ganz. Eigentlich findet sie den Namen des Gaslieferanten etwas schauderhaft, merkwürdig und letztendlich einfach lustig.
„Was ist daran so lustig?"
Es stehen hinter dem Gebäude zwei rostige Gasflaschen, die irrsinnigerweise in hebräischer und englischer Schrift mit dem Namen ‚Amisra-Gas' beschriftet sind - frei übersetzt „Volksgas-Israel". Die Gründer der Propangasfirma mussten wohl die pragmatischsten unter allen Zynikern gewesen sein, wenige Jahre nach dem zweiten Weltkrieg

für ihr Unternehmen so einen makabren Namen zu wählen.
„Ich verstehe leider noch immer nicht, was daran so lustig ist."
Pech gehabt.
Sie findet es schrecklich komisch, deswegen beabsichtigt sie, sogar laut zu lachen. So laut, dass die alte Frau Salomon zutiefst erschreckt mit ihrem braunen Stock zur Wohnungstür hinken würde, um durch den einäugigen Spion böse „Gojim" oder gewöhnliche jüdische Verbrecher rechtzeitig zu erkennen.
Kaum fing sie laut zu lachen an, da kam die Vernunft auf einem rostigen Hengst geritten, um sie nicht zum ersten Mal ihrer Freude zu berauben.
„Hör sofort auf, Ruchale! Wenn jemand dich hört, wirst du von jetzt an in diesem Haus für immer als eine Verrückte abgestempelt!"
Den letzten Gedanken hatte sie nicht laut gesprochen und deswegen wollte sie weiter lachen, aber ihr Mut verließ sie. Ihre Miene wurde ernst und sie verhüllte sich erneut in eine Stille, so wie es die so genannten normalen Menschen zu tun pflegen, wenn sie allein sind.

Bis zu ihrer befristeten Übersiedlung nach Deutschland wagte sie ihren Vater nur ein einziges Mal „Vati" zu nennen. Dies geschah an einem wunderschönen Samstagmorgen des Sommers im Jahre 1966.
„Vati, du hast schon drei weiße Haare und sogar mehr!" rief sie besorgt beim Betrachten seiner Schläfen.
Itzhak hob seinen Blick etwas verdutzt über die obere Kante der breit aufgeschlagenen Haaretz-Zeitung in seiner Hand. Er lächelte kurz, bejahte kopfnickend ihre Entdeckung und vertiefte sich erneut in die Zeitung und seine tausendfach erfolgreich erprobte Rolle des Chaver Itzhak

Gur. Der unscheinbare und zuverlässige Funktionär der Sozialistischen Arbeiterpartei.
Kurz nach dem Ende ihres ersten Jahres in Deutschland erlitt Itzhak seinen vorletzten Herzinfarkt. Sein Zustand verschlechterte sich so sehr, dass er im Schnellverfahren von einem Komitee von vier Ärzten - allesamt Mitglieder der Arbeiterpartei - regelrecht in die Frührente katapultiert wurde. Zum Abschiedsumtrunk mit seinen Arbeitskollegen von der Parteizentrale in der Yarkonstraße, einen Steinwurf vom blauen Meer entfernt, erschien für wenige kostbare Minuten sogar sein unumstrittenes Idol Shimon Peres, um seine Verdienste für die Partei hoch zu loben.
Der unerwartete Abschied aus dem Parteileben und die dadurch entstandene Leere in seiner bis dato perfekt geplanten Tagesordnung waren auch die späte Geburt einer Freundschaft zwischen dem widerwillig berenteten Parteifunktionär und seiner Tochter.
Mit ihrer Mutter, die aus einer reichen, hanseatischen Kaufmannsdynastie stammte und lebenslang Mitglied der liberalen Partei war, konnte ihr Vater, der aus einer ärmlichen Tagelöhnerfamilie stammte, kein einziges politisches Gespräch führen, das nicht in einem unterschwelligen Streit endete. Am faden Ende dieser ungewollten politischen Gefechte nahm ihre Mutter in der Regel das Frauenmagazin „Laisha" in ihre Hand und verkündete traurig: „Jetzt gehe ich in die Küche."
Bei seiner Tochter, der linken Friedensaktivistin der Bewegung ‚Shalom Achshav', erfuhr er umso mehr politische Zustimmung.

Einmal in der Woche, dienstags genau um einundzwanzig Uhr und einer Minute - des günstigen Nachttarifes wegen - rief Itzhak Gur seine Tochter in Frankfurt an, um je nach der Brisanz der aktuellen politischen Lage fünfundvierzig oder wahlweise nur fünfzehn Minuten zu debattieren.

Ab seinem ersten Anruf als Frührentner bis zu seinem Todestag nannte sie ihn nicht mehr Itzhak, sondern nun schlicht „Aba" – Vater – und er gab nach mehreren Zurechtweisungen ihrerseits sein altbiblisches „Tochter Rachel" zugunsten von „Rachel" auf.
Mutter rief nur anlässlich von bevorstehenden jüdischen Feiertagen an. Die Gespräche beendete sie oft in einem unpassenden Moment mit dem obligatorischen „Oijoijoi, Ruchale, diese Telefonate werden uns noch in die Armut stürzen, und du kommst sowieso bald zu Besuch. Also, frohes Fest, bleib' mir gesund und bis bald".
Öfters ertappte sie sich in manchen langen Sommernächten auf dem Frankfurter Balkon beim ausgiebigen Sinnieren über die Intensität der Zuneigung ihrer Mutter zu ihr. Wenn die Kühle sie tief in der Nacht wieder vom Balkon vertrieb, geisterten in ihrem Kopf stets zwei konträre Thesen umher.
A: Mutter hat das Kind Rachel abgöttisch geliebt, aber sie konnte die erwachsene Rachel nicht sonderlich leiden.
B: Stimmt überhaupt nicht. Immerhin war sie bereit, bei ihren interkontinentalen Telefongesprächen mit ihr Deutsch zu sprechen. Ein Zugeständnis, das Vater Itzhak ihr gegenüber bis zu seinem Todestag verweigerte.
Wie oft interpretierte sie die Bereitwilligkeit ihrer Mutter, in deren Muttersprache mit ihr zu kommunizieren, als Zeichen der Zuneigung und des Respekts gegenüber der erwachsenen Rachel.
Am heutigen Nachmittag, mitten in der schwülen Augusthitze auf der ersten Stufe im Wohnhaus in der Mazehstraße ruhend, muss sie sich jedoch eingestehen, dass die beiden Frankfurter Balkontheorien völlig haltlos waren, ebenso wie ihre deutschen Jahre. Ein Jahrzehnt nach dem Tod ihrer Eltern bleibt nur eine schäbige, unliebsame Wahrheit übrig: Die Frau, die sie neun Monate in ihrem Bauch getragen hatte, konnte nur selten Emotionen und

Gedanken in die Beziehung zu ihrer Tochter investiert haben, während sie unzählige Nächte und Tage ihres Lebens dem Versuch opferte, ihrer Mutter geistig und seelisch nahe zu kommen.
In den letzten zwei Jahrzehnten ihres Lebens auf Erden verbarrikadierte sich ihre Mutter im ehemaligen Mädchenzimmer ihrer Tochter. Tag für Tag bis spät in die Nacht vertiefte sie sich in Werke deutscher Autoren und Philosophen auf ihrer nie vollendeten Suche nach der eigenen Zugehörigkeit.

Es war kein geringerer als ihr Vater und der ehemalige Parteifunktionär, der bei einem ihrer letzten abendlichen Spaziergänge in der Rothschildallee - ohne sichtbaren Zusammenhang - plötzlich nach mehreren schweigsamen Minuten ungewöhnlich laut und nicht ohne alttestamentarischen Unterton in seiner Stimme rief: „Das eine sage ich dir, mein Ruchale, ein erwachsener Mensch, der noch in der tiefsten Finsternis seiner nie gefundenen Identität eine stabilisierende Mitte sucht, kann unmöglich die anderen Seelen wahrnehmen, die in seiner Nähe atmen, und sie erst recht nicht aufrichtig lieben."

Kapitel 6

Wird sie hier im einsamen Treppenhaus erkranken, ausgerechnet einen ganzen Monat vor dem Quartalsbeginn?
Nein, das kommt überhaupt nicht in Frage.
Wenn nur jemand so lieb wäre, endlich die tote Ratte im Hof zu entfernen.
Wohin sollte das arme tote Tier getragen werden? Wer soll diese schaurige Räumaktion verrichten? Abraham, der traurige dunkelhäutige Mann aus Äthiopien? Oder vielleicht die illegalen rumänischen und bulgarischen Gastarbeiter von der Gartenkolonie?
Sie, Rachel Gur, die hellhäutige Akademikerin und Mitglied der Arbeiterpartei schon in der zweiten Generation, könnte es auch selbst tun! Es ist doch egal, der Tod wäre auf jeden Fall in der Stadt geblieben.

Chaver Itzhak Gur hielt in den fünfziger und sechziger Jahren etliche flammende Reden vor den Neuankömmlingen aus dem Orient über Ehre und Genugtuung, die sich in „hebräischer Arbeit", der so genannten „Avoda Ivrit", nach zweitausend Jahren in der Diaspora verbargen. Seine Ansprachen vor dem kahlen Hintergrund der Negev-Wüste endeten fast immer mit dem Worten: „Kolleginnen und Kollegen, mit gemeinsamer Anstrengung werden wir dieses kümmerliche Zeltlager zu einem blühenden, landwirtschaftlichen Dorf verwandeln, in dem unsere Kinder stolz und sicher in einem freien, jüdischen Staat aufwachsen werden. Shalom und alles Gute für die Zukunft."

Ein kleines trauriges Lächeln von kurzer Dauer ziert ihr Gesicht. Die blühenden Landschaften in der Negevwüste stecken heute noch immer tief im nebulösen Niemandsland der weltfremden, zionistischen Visionen der Gründungsjahre, samt unzähliger Redemanuskripte voller leerer Versprechungen aus dem Nachlass ihres Vaters. Geblieben sind nur ehemalige Zeltlager, die zu ärmlichen Dörfern anwuchsen. Dörfer, die den Titel „Sozialer Brennpunkt" sogar in der dritten Generation noch nicht ablegen können. Die vermeintlich glücklichen Kinder dieser trostlosen Siedlungen träumen nur von dem Tag, an dem sie endlich in die Großstädte oder ins Ausland übersiedeln können.

Ihre Eltern haben in Tel Aviv nie eine tote Ratte aus der Nähe gesehen, doch sie wird es wagen. Gleich wird sie den Kadaver eigenhändig entfernen. Wenn die Natur es unbedingt will, wird sie sogar vor dem Ende des Quartals krank werden.
Sie nimmt aus der äußeren, linken Plastiktüte einen Becher Erdbeerjoghurt, reißt den silbrig-bunt-bedruckten Deckel ab, hebt den Plastikbecher in die Luft und kippt den Joghurt in ihren offenen Mund, so wie es die fremden Männer von der Gartenkolonie in der Mittagspause zu tun pflegen. Die feuchte Masse plumpst zögernd in ihren Gaumen. Großartig! Ohne Löffel schmeckt der Joghurt noch viel leckerer.

Nein, sie wird niemals vor Quartalsbeginn krank und die totale Chancengleichheit kann es nirgendwo geben. Ihr Vater Chaver Itzhak Gur war nun mal ein Funktionär der Arbeiterpartei. Es war völlig unmöglich Partei- und Siedlungspolitik zu betreiben und gleichzeitig unter der glühenden Wüstensonne beim Straßenbau zu malochen. Jeder muss seiner Berufung folgen. Wenn sie und die anderen ihren Müll selbst beseitigten, würden etliche illegale Gastarbeiter verhungern.
„Oijoijoi, Ruchale, hungern sie nicht auch jetzt, während unsere Mülleimer von den dreckigen Spuren unseres Wohlstandes überquellen?"

Ausnahmsweise hat sie Recht. Es waren jene verarmten Menschen, die Tag und Nacht ziellos zwischen den zwielichtigen Bars und Bordellen in dem schmuddeligen Viertel des zentralen Busbahnhofes und den angrenzenden Gassen umherirrten.
„Sag' es mal laut, hab' nur Mut. Es sind die neuzeitlichen Sklaven unseres Wohlstands, die wir hierhergelockt und vergessen haben!"

Es ist an der Zeit die 49 Stufen, die sie von ihrer Wohnung trennen, zu bewältigen, bevor ihre Wochenendvorräte für immer verdorben waren. Sicherlich würde es sich lohnen, diese Anstrengung zu unternehmen. In der Wochenendausgabe der Zeitung „Haaretz" steht ein riesiger Artikel über die unbekannten Machenschaften der israelischen Generäle im Yom-Kippur-Krieg am Rande einer Niederlage.
„Stell' dir vor, der Generalstabschef beabsichtigte, Moshe Dajan zu ermorden."

Sie hebt langsam die Tüten, zwei in jeder Hand und stellt fest entschlossen einen Fuß auf die erste Treppe.
„Endlich!"
Irgendjemand öffnet seine Wohnungstür und pfeift beim Verriegeln des Schlosses ein Lied des Sängers Shalom Hanoch.
Es ist Moti!
„Schon wieder Moti?"
Warum nicht? Außer Moti gibt es noch Abertausende von Menschen, die an der Welt dort draußen, jenseits von muffigen Treppenhäusern, Gefallen finden.
„Aufpassen!"
Dann sei endlich still!
Er eilt leichtfüßig an ihr vorbei.

„Hey, Rachel", ruft er freundlich und hinterlässt eine schwere Duftnote, die von der gleichen chemischen Formel stammen dürfte, wie das Erdbeeraroma in ihrem Joghurtbecher.
Ein Anflug von Leichtigkeit überfällt sie. Es ist furchtbar komisch, einen herzlichen Lacher wert. Moti wäscht also sein spärliches Haar mit einem Shampoo, das die gleichen Geruchsmoleküle enthält wie der Joghurt, den sie vor wenigen Minuten direkt in ihren Mund gegossen hatte.

Der Schmerz in ihrem linken Handgelenk schleicht erneut die gleiche Route entlang. Millimeter für Millimeter brennt sein Weg bis zu ihrem Herzen.

Ahnte Moti, dass sie bereits seit über zwanzig Minuten hier im Treppenhaus ausharrte?
„Wie kommst du darauf?"
Sie könnte auch just von der zweiten Einkaufsrunde zurückgekehrt sein.
„Sicher! Warum nicht von der dritten oder sogar fünften Shoppingtour?"
Ein reifer, israelischer Mann, der freitagnachmittags frisch rasiert und geduscht seine Wohnung verlässt, hat Wichtigeres zu tun als das kleinkarierte Ausspionieren seiner Nachbarin.
Was hat der gute Moti vor? Vermutlich ein Rendezvous mit einer gepflegten weiblichen, nach synthetischem Jasmin duftenden Person. Eine Dame, die ihre Sabbat-Käufe längst im Kühlschrank verstaut und sogar den großen Artikel über das Versagen der Generäle im Jom-Kippur-Krieg gelesen hat. Rechtzeitig bevor sie sich ausgiebig badet und vor der Begegnung mit dem Mann, der nach Erdbeeren duftet, nur scheinbar lässig schminkt.
Gerne wäre sie unsichtbar gewesen, um Moti unbemerkt verfolgen zu können. Sie würde die mysteriöse Dame un-

gestört aus der Nähe betrachten, weil sie souverän geschminkte Frauen äußerst aufregend findet.

Obwohl sie sich bemüht, ihre Gedanken neu zu gestalten, bleiben sie nur die verbrauchten Grübeleien von gestern.

Dem Wiederholungsgesetz hörig lässt sie die vier Tüten aus niedriger Höhe sanft zu Boden fallen und setzt sich erneut auf die erste Stufe.

Ein leichter Juckreiz, der sich auf ihrem Gesicht verbreitet, leitet ihre rechte Hand tastend zu ihrem linken Mundwinkel. Wie furchtbar! Ihr Mund ist mit Joghurt verschmiert. Beim weiteren, vorsichtigen Berühren ihres Kinnes ist ihr klargeworden, dass ihr ganzes Gesicht mit einer hellroten Erdbeerjoghurt-Kruste verschmiert ist. Sie wischt den vertrockneten Joghurt mit ihren Händen ab und reibt diese wiederum an der Betontreppe. Jetzt duftet das Treppenhaus nach frisch gepflückten Erdbeeren. Doch nach nur wenigen Sekunden verdampfen die Geruchsmoleküle und die Duftnote eines verwesenden Tieres im Hof nimmt die Hohlräume des Treppenhauses erneut in Beschlag.

Möglicherweise war sie auf der ersten Treppe, neben ihren Einkäufen sitzend, ganze drei Minuten in einen tiefen Schlaf versunken. Die bedrückende Depression, in deren Armen sie gerade aufwachte, ist ihr schon seit ihren deutschen Jahren als sogenannte „Depression G" bekannt. Laut ihrem Frankfurter Therapeuten, Herrn Doktor Stadelmeier, wühlten vier verschiedene Depressionsarten in ihrer Seele, und einen dieser Zustände riefen künstlich imitierte Naturdüfte in ihr hervor.

„Wie soll ich es erklären? Also versuchen wir es so. Landschaften wirken auf uns erheiternd, beruhigend oder erwecken in uns eine sanfte Melancholie. Künstlich entstandene Düfte hingegen erwecken in uns öfter unkontrollierte und für uns unbekannte Emotionen, die nicht selten in

einen geistigen Panikzustand münden", erklärte ihr der Therapeut, der ursprünglich aus Oberbayern stammte, am Ende ihrer neunundvierzigsten Sitzung in seinem womöglich längsten Monolog in knapp vier Jahren Therapie.
Eine einzige Frage wiederholte Doktor Stadelmeier zwei Mal in ihren ersten Therapiestunden, um sich anschließend scheinbar unbeteiligt in seinen blauen Notizblock zu vertiefen: „Warum sind Sie nach Deutschland gekommen, Frau Gur? Das hätte ich gerne gewusst!"
Dieser Frage begegnete sie mit einem hartnäckigen und magenfeindlichen Schweigen. Beim ersten Mal nahm sie diese Frage als eine kaschierte Aufforderung wahr, das Land zu verlassen, und sie schwor sich noch vor Vollendung der Sitzung, dass es ihre letzte Therapiestunde bei diesem Mann sein würde. In der kommenden Sitzung schwieg sie ganze fünfzig Minuten lang in der Hoffnung, er würde sie wegen des Mangels an Kooperation als Patientin ablehnen. Als er sie nach ihrer fünfzigsten Schweigeminute freundlich fragte: „Also, Frau Gur, sehen wir uns nächste Woche am gleichen Tag zum gleichen Zeitpunkt?", war sie felsenfest davon überzeugt, dass der Mann nur des schnöden Mammons wegen auf einer Fortsetzung der Therapie beharrte. Das würde sie nicht mehr lange mitmachen.
In der darauffolgenden Sitzung fragte er sie beim gleichzeitigen Notieren von ominösen Daten, ob sie panische Angst vor chronologischen Ungereimtheiten in ihrem Tagesablauf habe. Völlig wehrlos saß sie im Behandlungszimmer vor dem deutschen Therapeuten, dem sie in den kommenden vier Jahren ihr ganzes Vertrauen schenkten sollte.

Noch heute, errötete ihr Gesicht beim Rekonstruieren ihrer Erinnerung an die Jahrzehnte zurückliegende Therapiestunde. „Und Sie, Herr Doktor Stadelmeier, haben Sie selbst panische Ängste vor unvorhersehbaren, chronologischen Ungereimtheiten in Ihrer Tagesordnung?", beantwortete sie nach einer zermürbenden Weile seine Frage mit der gleichen Frage.

Der Therapeut führte seine Notizen seelenruhig zu Ende, hob seine dunkelblauen Augen zu ihr und sagte: „Sie bestehen darauf, dass die Therapiestunde immer zum gleichen Zeitpunkt stattfindet. Was wäre, wenn ich den Termin für die nächste Sitzung einen ganzen Tag vorverlegen würde?"

Sie brach in Tränen aus, und er vertiefte sich aufs Neue bis zum Ende der Sitzung in sein Notizbuch. Beim darauffolgenden einsamen Spaziergang im grünen Park des Holzhausenviertels ließ sie das Geschehen in Dr. Stadelmeiers Praxis Revue passieren. Beim Verlassen des Parks war sie sich dann ohne jeden Zweifel sicher, dass ihr Therapeut den Willen und die Fähigkeit besaß, ihr zu helfen. Er würde die Behandlung zweifelsohne auch kostenlos fortsetzen, wenn es schicksalsbedingt notwendig sein würde.

Kapitel 7

Es ist höchste Zeit, in der dritten Tüte von rechts zu wühlen.
Ahaa! Unterm Sabbat-Chala, dem zopfartigen Weißbrot, das es jeden Freitag in den Läden gibt, liegt in einer Zellophan-Hülle mumifiziert ein leckerer Honigkuchen. Von dem wird sie sich gleich ein dickes Stück abreißen, um es genüsslich zu verzehren. Die gedankliche Fixierung auf den goldbraunen Kuchen erweckte in ihr eine zarte Melancholie und von der so genannten „G-Depression", die Motis Shampoo in ihrer Seele entbrannt hatte, gab es vorläufig keine Spur mehr.
Wann hat sie zum letzten Mal Honigkuchen gekostet?
„Vor einer zweifachen Ewigkeit"?
Noch viel länger.
„Wie lang?"
Vor zweiundvierzig Jahren!
Dabei liebt sie Honigkuchen mehr als jedes andere Gebäck auf Erden. Sogar mehr als Tante Seldas Mohnzopf.
„Das glaube ich nicht!"
Es wäre jetzt völlig pathetisch Vergleiche anzustellen. Tante Selda starb vor zwölf Jahren. Damit war auch ihr wunderbarer Mohnzopf für alle Zeit aus der Welt geschieden.

„Wenn es nach dem Willen meiner kleinen Ruchale gehen würde, hätte sie sich nur von Honigkuchen ernährt!", begegnete ihre Mutter verlegen den erstaunten Blicken von Ruthis Mutter. Nach einer Weile schwor Frau Cohen: „Als Kindergärtnerin betreue ich täglich vierzig Kinder, aber ich habe noch nie ein Kind erlebt, das so viel Honigkuchen in sich hineinstopfen kann!" Es geschah zum Purim-Fest in ihrem zweiten Schuljahr. Beim hektischen Fußmarsch nach Hause flüsterte ihre Mutter tief beleidigt: „Was denkt sich bloß diese aufgeblasene Frau Cohen?" Zum ersten Mal hörte sie ihre Mutter außerhalb der Wände ihrer Festung in der Rothschildallee deutsch sprechen. Die Frau, die neben ihr lief, konnte nicht ihre Mutter sein. Es war ein fremder und von tiefer Trauer umhüllter Mensch, der unfreiwillig von ganz weit her zu ihr kam.

Kaum trafen sie in der stillen Wohnung ein, drohte ein gewaltiger Schmerz ihren Magen mit Edelstahlzangen zu zerreißen. Bevor das ihre Mutter wahrnehmen konnte, floh sie in ihr Zimmer, um sich weinend auf ihrem Bett zu krümmen. Die Tränen waren nur schmerzbedingt, denn in ihrem Herzen war sie heilfroh und sogar glücklich, ihrer Mutter eine zweite Schmach erspart zu haben.

Frau Cohen hatte Recht gehabt. Drei von den insgesamt sechs Scheiben Kuchen, die sie in sich hineinstopfte wie es Ruthis Mutter gemein formulierte, hätten bessere und friedlichere Plätze in anderen Kindermägen finden können. Seit diesem Purim-Fest berührte kein Honigkuchenkrümel mehr ihre Lippen.

Ihr Ausflug in die Vergangenheit nahm ein vorläufiges Ende und damit auch ihr Hunger. Es war eine bleierne Müdigkeit, die sie beinahe in den Schlaf zwang.

Eine reale Handlung musste jetzt dringend vollzogen werden. Sonst würde ihre Gedankenspirale erneut in Bewegung geraten, um sie wieder in ihr lebenslanges Bestreben nach der restlosen Aufklärung jedes einzelnen Ereignisses ihrer Vergangenheit zu verstricken.

Sie könnte eigentlich ihre Einkäufe hierlassen, um ohne Last gemütlich zurück zur Shenkinstraße zu spazieren. Mittlerweile dürften die Kaffeehäuser, die den 80er und 90er Boom überlebt hatten, bis zum letzten Platz mit Neuzeit-Bohemiens belegt sein. Hübsche junge Menschen, die wie die Generation zuvor von dem süßen, irren Glauben besessen waren, ihr Leben sei aufregender und vor allem unkonventioneller als das der Spießbürger in den Büros und Ämtern.

Sitzt Moti auch in einem der Kaffeehäuser in der Shenkinstraße mit seiner schwarzhaarigen Diva?
„Ganz bestimmt."
Ein entschiedenes Nein! Er wird das Café Brüssel am Ende der Iben-Gevirol-Straße bevorzugen. Dort versammeln sich jeden Freitagnachmittag die besserverdienenden Single-Damen Tel Avivs, um ihre neuesten Lover zu präsentieren und gleichzeitig mit ganz unauffälligen Blicken die Beute der Rivalinnen zu begutachten. In den Vergleichsorgien der Damen würde Moti, der nur eine Zweizimmerwohnung in der Mazehstraße besitzt, vermutlich gnadenlos zum zweitklassigen Liebhaber degradiert.
„Also tummelt er sich womöglich doch in der Shenkinstraße, in der harmlosen Mitte der selbstverliebten Sandkasten-Boheme!"
Oder sitzt er vielleicht mit seiner Neuen in einem der Cafés im alten Hafen von Tel Aviv?
Ein Lächeln breitet sich für einen zu kurzen Moment auf ihren Lippen aus.
Um den sich neu anbahnenden Gedankenzirkel rechtzeitig abzuwehren, müsste sie sich lediglich bemühen, die 49 Treppenstufen zu ihrer Wohnungstür zu erklimmen.

Es geschah in einer ihrer Frankfurter Therapiestunden. Es musste die 61. oder die 62. gewesen sein.
Sie war sich nicht ganz sicher, ob es in ihrem Tagebuch stand.
„Du hast ein Tagebuch?"
Also, es war in der 61. Sitzung, die sie gleich mit dem Satz: „Gestern habe ich mich zum ersten Mal..." begann.
Den Satz konnte sie nicht zu Ende sprechen, weil Doktor Stadelmeier ihr ins Wort fiel. Möglicherweise zum ersten

Mal in seinem Berufsleben. „Wie alt sind Sie, Frau Gur?", fragte er und sie schaute ihn bemüht verlegen an. Der Therapeut schenkte ihr ein dezentes Lächeln und fuhr fort: „Wenn wir unser drittes Jahrzehnt auf Erden beendet haben, werden in unserem Leben nie wieder erstmalige Ereignisse eintreten." Er würdigte sein Notizbuch eines kurzen Blickes und ergänzte etwas verlegen: "Eine wohl etwas zu radikale These, oder?"

In Doktor Stadelmeiers Theorie steckte mehr als das oft zitierte und nie gesichtete Körnchen goldener Wahrheit.

„Und dies wäre?"

Es ist doch kein Geheimnis und erst Recht keine Schande, es sich einzugestehen: Heute verbarrikadierte sie sich nicht zum ersten Mal in einem Treppenhaus!

Sie brach leise in Tränen aus und die Melancholie drohte sich erneut in Depression zu verwandeln.

Am Ende des Sechs-Tage-Krieges fuhren ihre Eltern als Teil einer Delegation von Politikern und Künstlern aus Tel Aviv für einen vollen Tag in die Golanhöhen, um „unseren Soldaten", wie es ihr Vater formulierte, zu beweisen, dass das Arbeitervolk mit dem ganzen Herzen hinter seinen jungen, tapferen Kriegern stand.

„Noch vor Sonnenuntergang werden wir zurück in Tel Aviv sein.", versprach Mutter und küsste sie auf ihre Stirn. Ihr Vater legte sogar für einen feierlichen Moment seine Hand liebevoll auf ihren Kopf und dann stiegen sie in einen braunen Militärbus, der mit mächtigem Motorenlärm und Dieselqualm davon fuhr.

Als sie am Ende des Schultages das Treppenhaus der Rothschildallee betrat, fühlte sie sich zum ersten Mal in ihrem jungen Leben von einem Schicksalsschlag bedroht, der ihr den schwersten Verlust auf Erden bescheren könnte. Sie ließ ihren Schulranzen zu Boden fallen und betrachtete den Eingang ihres Wohnhauses mit noch nie da gewesener Neugier. Es folgte das lange Sinnieren eines Kindes über das Leben nach dem endgültigen Abschied von ihren Eltern. Nach einer Weile schwor sie sich, vor der ersten Stufe des Treppenhauses in der Rothschildallee stehend, nie wieder die Wohnung zu betreten, wenn Mutter und Vater nicht von der gefährlichen Reise aus dem Kriegsgebiet zurückkehren würden.

Als ihre Eltern spät in der Nacht heimkehrten, fanden sie ihre zehnjährige Tochter vor dem Treppenaufgang, auf den Boden neben ihrem Schulranzen liegend, vertieft in den einsamen Schlaf eines Waisenkindes.

Kapitel 8

Die tote Ratte liegt nur einen Steinwurf von der ersten Treppe entfernt.
„Nein, das glaube ich nicht!"
Sind es etwa hundert Meter?
Nein!
Das sind doch nur zehn Meter. So eine Entfernung erreicht sie schon mit einem mäßigen Steinwurf.
„Und der Stein soll ein sogenanntes intelligentes Flugobjekt sein?"
War das wirklich nötig, diese Frage laut zu äußern? Es ist doch völlig klar, dass ein Millionen Jahre alter Stein keine Tomahawk Rakete sein konnte. Um die tote Ratte zu treffen, muss das Wurfgeschoss mindestens drei scharfe Winkel auf dem Weg zum Ziel überwinden. Ein Flug zum Mond wäre einfacher zu bewerkstelligen, als das unsichtbare tote Tier mit einem einzigen Steinwurf zu treffen.

„Die vermeintlich schlichtesten Gedankenläufe verbergen in sich die kostbarsten Metaphern." Dieser Satz stammte aus einem Redemanuskript ihres Vaters, vorgetragen am 7. Juli 1963 vor Arbeitern in einer südlichen Kleinstadt namens Kiryat Malachi. Jeder seiner Vorträge verbarg in der Regel am Anfang der letzten Seite des Manuskriptes immer eine knifflige Botschaft. Der Verdacht ließ sie nicht los: Diese Weisheitsperlen waren so formuliert, dass die müden Zuhörer ihnen nicht ganz folgen konnten. Es sollte bei ihnen den Eindruck erwecken „Unser Genosse aus der Parteizentrale ist verdammt clever. Auf so einen Mann ist Verlass".
Am Ende fließen alle Metaphern, so prachtvoll und mächtig sie einmal waren, als klägliches Rinnsal zu einer nüchternen Erkenntnis: Ihrem Vater fiel es leichter, hunderte zum Teil hervorragende Redemanuskripte zu verfassen und sie

unter glühender Sonne im kleinsten Dorf in der Negev-Wüste mit Leidenschaft vorzutragen, als seine kleine Tochter väterlich zu liebkosen.
Den ersten Kuss vom Munde eines Mannes bekam sie mit zweiundzwanzig, und es war nicht ihr Vater.

Sie ist ziemlich sicher, dass in einer ihrer Plastiktüten eine Packung Butterkekse versteckt ist.
Beim Durchwühlen der dritten Tüte überkommt sie ein mächtiger Zweifel aus allen Treppenhauswinkeln.

„Sich seines Tuns sicher zu sein beim gleichzeitigen Durchführen einer hundertprozentigen Fehlhandlung bedeutet den endgültigen moralisch geistigen Zusammenbruch". Dieser Satz stammte aus einem Redemanuskript, das ihr Vater vor Studenten der Universität Bar Ilan vortrug, kurz nach der Beendigung des Jom-Kippur-Krieges. Zwanzig Jahre danach gebar diese Universität aus ihren Reihen den Mörder von Itzhak Rabin.

Obwohl sie Israelin ist, war ihr Untergang völlig losgelöst von jeglicher politisch nationalen Dimension. Das Fortführen ihres Lebens muss aber auch einen bescheidenen, privaten Sinn, der nur sie betrifft, in sich verbergen. Öfter glaubt sie ihn zu erkennen, und dennoch lässt ihr gegenwartsuntauglicher Entscheidungsmechanismus diesen vor ihren Augen immer aufs Neue verdampfen, wie eine unter glühender Wüstensonne entstandene Oasenvision.
„Aber was hoffst du zu finden, ausgerechnet hier in diesem trostlosen Loch?"
Bravo, Rachel. Ausnahmsweise eine vernichtend logische Frage. Durch und durch abendländisch, deutsch und rational!
„Die Wahrheit hat doch keine Hautfarbe oder Heimat."
Jetzt höre doch endlich damit auf!

Ja, sie weilte tatsächlich seit fünfunddreißig Minuten hier im Treppenhaus, aber es war eine durchdachte und gewollte Handlung.
Oder?
„Die Butterkekse, wo sind sie?"
Drei Tüten hat sie schon durchwühlt. Es blieb nun nur die vierte.
Der Insasse des Wagens, der gerade an ihrer Haustür vorbeirauscht, hört laut ein Lied von Shalom Chanoch, dessen Liedgut mit der Kultur des Staates Israels verbunden ist wie kein anderes. Ein akustisches Ereignis, das sich nur in Tel Aviv ereignen kann.
Sie hebt die vierte Tüte hoch und kippt ihren Inhalt auf den Boden. Zu allererst zerschellt das Nescafé-Glas genau vor der ersten Stufe. Die anderen Gegenstände fallen etwas verspätet mit einem dumpfen Zellophan-Knistern zu Boden.
Rachel setzt sich auf der zweiten Treppe nieder und weint leise vor ihren zerstreuten Einkäufen.
Für eine unvorhersehbare Weile verdrängt der Duft von Kaffeepulver den Geruch des verwesenden Tieres hinter den Propangasflaschen.

Eine Stille, die aus den verschollenen Tiefen eines Jahrtausende alten Glaubens zu einem kurzen Intermezzo erwachte, schwebte mütterlich tröstend über ihrer Seele, um die Andacht der Stadt angesichts des näher rückenden Sabbats zu betonen.

Die Frau im Hauseingang wischt sich die Tränen aus den Augen und betrachtet den zerstreuten Inhalt der Tüte.
„Schaue deine Einkäufe ganz genau an, Rachel!"
Eine Packung Quark. Sie brauchte doch keinen Quark! Die Packung vom letzten Freitag liegt noch unberührt im obe-

ren Regal ihres Kühlschrankes. Den Nescafé braucht sie aber fürs Büro.

„Bravo!"

Bis jetzt steht es im Kampf Ruchale gegen Untergang 1:1.

„Und was liegt da?" Buchstabennudeln! Buchstabennudeln hat sie noch nie in ihrem Leben gekauft.

Wieso aber ist sie sich dieser Tatsache so sicher?

„Bodenlose Frechheit!"

Aber gegenüber wem?

Sie lächelt verschämt. In so einer Situation von schicksalhafter Bedeutung ist das Lachen doch völlig deplatziert. Aber was kann sie tun, wenn es sie überkommt?

„Einfach gar nichts!"

Das war wohl bis jetzt ihr am lautesten gesprochener Gedanke.

Es war aber kein Gedanke, eigentlich war es ein Schrei.

„Irgendwie schon!" flüstert sie beschwichtigend, um erneut zu lächeln.

Vor drei Tagen sah sie die Sondernachrichtensendung zu einem weiteren Selbstmordanschlag in Jerusalem. Die Trauer und die Ratlosigkeit, die sie beim Betrachten der zerfetzten Leichen überfielen, erweckten in ihr sonderbarerweise die Sehnsucht nach der Gemüsesuppe ihrer Mutter. Diese schmeckte nicht sonderlich gut, wie bei allen Tütensuppen so üblich, aber Mutter fügte ihr zusätzlich Buchstabennudeln hinzu. Ein kulinarisches Manöver, das den höchsten Gipfel des dürftigen Einfallsreichtums ihrer Kochkünste markierte.

Das Spiel mit dem Löffel auf der mit Buchstaben bedeckten Suppenoberfläche zauberte rätselhafte Wortformationen hervor, die auf sie eine aufregende Magie ausübten. Sie erweckten in ihr Gedankencollagen von mächtiger und nur vage begreifbarer Dimension.

„Und wie steht es jetzt?"

Rachel contra Untergang 2:1.
Vom braunen Kaffeestaub völlig bedeckt liegt in der Mitte eines winzigen Meeres von Scherben verschämt die Butterkekspackung. Sie verstaut ihre Einkäufe zurück in die Tüte und bleibt kurzatmig stehen.
Der Geruch des toten Tieres im Hof schleicht unbemerkt zurück ins Treppenhaus.
Im Duell der kleinen Ruchale gegen den allmächtigen Untergang zeigt die Ergebnistafel nun 3:1, aber das Spiel ist noch lange nicht beendet. Es hat noch nicht einmal die Halbzeit erreicht.
Honigkuchen, Butterkekse, Quark, Buchstabensuppe. Der Vergangenheit sind alle Mittel recht im Kampf um die Herrschaft in ihrem Leben. Ihre Tüten verbergen in ihren stickigen, inneren Welten keine Spuren der real existierenden Gegenwart. Aber ihre Vergangenheit besteht doch nicht nur aus einem Haufen von steril verpackten Lebensmitteln?

Am letzten Freitag besuchte sie die Spätvorstellung der Cinemathek. Angekündigt war eine neue kroatische Independent-Produktion. Ein achtzig Minuten langes misslungenes Werk um ein Drama, das am Rande einer kroatischen Großstadt seinen heimtückischen Lauf nimmt. In diesem Film waren die üblichen Charaktere vertreten: Die Vermieterin, eine Seelenverkäuferin übelster Gattung, und ihr böser Sohn, der die unschuldige Lesbe Numero 1 vergewaltigt. Lesbe Numero 2 verunglückt im Verlauf einer Schlägerei im Treppenhaus. Der Ehemann der Vermieterin, ein von seiner Frau unterdrückter Patriarch, bringt am Ende seine Gattin eigenhändig um. Anschließend gibt er das gekidnappte kleine Kind zurück zu seiner Mutter, der Lesbe Numero 1, die mittlerweile auf wundersame Weise ihre Heteroseite aufs Neue liebgewonnen hat. Quintessenz: Alle Väter sind einfach väterlich gut. Die Mütter sind

Halsabschneiderinnen, die ihre Söhne zu unzurechnungsfähigen Psychopathen heranziehen, und Lesben sterben, es sei denn, sie verwandeln sich rechtzeitig zu gebärfreudigen Heteros.
Was für ein Schwachsinn!
Als die Lichter im Saal angingen und die Kinobesucher still und betroffen den Saal verließen, blieb sie noch eine lange Weile auf ihrem Platz sitzen, als ob sie glaubte, dass gleich eine gelungenere Version des Filmes gezeigt würde. Beim Verlassen des klimatisierten, verwaisten Saales begegnete sie einer feuchtwarmen, stickigen Augustnacht. Die Hitze schien die fragiler gewordene Lebensfreude der Stadt in Folge des ewigen Krieges endgültig auszulöschen.
Der Mann am Nachbartisch des Cafés, in dem sie sich niederließ, um vor dem einsamen Fußmarsch zur Mazehstraße ein kaltes Getränk zu sich zu nehmen, schaute sie nur zweimal an. Seine dezente Aufforderung zum Kontakt erwiderte sie mit einem freundlichen, aber keineswegs einladenden Lächeln.
Er war nach ihrer alles andere als objektiver Meinung zu melancholisch. Seine schwarzen Augen strahlten so viel Trauer aus, dass es für beide reichen könnte, um eine ganze Nacht mit lautem Weinen zu verbringen.
Beide bezahlten ihre Rechnung beinahe gleichzeitig und liefen nur einen einzigen Meter voneinander entfernt der Iben-Gevirol-Straße entgegen. Dort trennten sich ihre Wege. Ihre Blicke trafen sich leer und haltlos zum allerletzten Mal, dann bog sie nach links und er nach rechts ab.
Nach Mitternacht schien es, als gehörten die Straßen in ihrem Viertel den Obdachlosen. Heimatlose Männer, die überwiegend aus Ost-Europa stammten, lagen auf Sitzbänken oder wühlten in Mülleimern auf der Suche nach leeren Pfandflaschen und vielleicht etwas Essbarem.
Zuhause angekommen las sie hoch konzentriert das große Feuilleton in der Freitagsausgabe der Zeitung Haaretz.

Kurz bevor sie gedachte, das Licht der Leselampe zu löschen, stellte sie mit schwerem Herzen fest, dass alle linken Feuilletonisten ihre immer fader gewordenen Werke jede Woche aufs Neue schufen, wahrscheinlich nur um ihren hohen Lebensstandard aufrecht zu erhalten. Israels linke sowie rechte Autoren stöhnten täglich unter der Last des immer gieriger gewordenen goldenen Kalbes, das mittlerweile zu einer waschechten fetten Kuh herangewachsen war.

Ihr Vater hatte Recht gehabt. Mit der Zunahme der Tattoos auf den geschmeidigen Körpern der blutjungen schönen Diven von Tel Aviv und den immer häufiger zelebrierten Love-Parades verschwand allmählich auch die Liebe aus ihrer Stadt.

Die Augen des Mannes, der sie vorhin betrachtet hatte, waren nicht von Trauer beseelt gewesen, sondern von einer Melancholie der Sehnsucht nach fühlbarer Zweisamkeit. Viel zu spät gestand sie sich ein, dass der Mann ihr gefallen hatte, und vielleicht war sie sogar für diese Nacht in ihn verliebt. Aus Abscheu vor Niederlagen aller Art verdrängte sie ihre Gefühle. Sie konnte sich doch irren. Als sie ihre Augen schloss und die Bettdecke bis auf Augenhöhe hochzog, war sie sich endlich sicher, dass sie ihm auch gefiel. Dennoch hatte jeder einsam seinen Heimweg angetreten. Die Einsamkeit war die passende Strafe für die schwere Sünde des Altwerdens. So entschied die eitle Stadt, die sogar ihren eigenen Alterungsprozess verabscheut.

Kapitel 9

Der erste Schritt zur Freiheit beginnt mit einer Flucht.
Für sie standen nur zwei Fluchtwege zur Wahl. Einer führt dem Himmel entgegen. Er ist ganze 49 Stufen hoch und endet erneut in der bewohnbaren zwei Zimmer-Sackgasse, die ihr so vertraut und verhasst ist wie die komfortable Gefängniszelle eines privilegierten Verbrechers. Der zweite Fluchtweg hätte sie zurück in den feucht heißen Strudel aus Asphalt, rollendem Blech, bedrohten Seelen und architektonischem Wirrwarr geführt, das jeden Tag mordlüstern in jedem Straßenwinkel auf seine Bewohner lauert. Diese Option drohte sie in einen unkontrollierten Angstzustand zu stürzen.
Irgendwo muss doch ein kleines rettendes Schlupfloch existieren! Im Nirgendwo gibt es kein Irgendwo. Für sie gibt es keinen Ausweg mehr. Sie ist im Treppenhaus für immer eingekesselt.

Es geschah an einem ihrer gemeinsamen Spaziergänge, womöglich war es der allerletzte vor seinem Tod. Die mit Leberflecken übersäte Hand des alten Mannes klammerte sich kindlich ängstlich an ihre und zum ersten Mal sonderte sie Schweiß ab. Daran konnte sie sich gut erinnern. Der Feuchtigkeitsfilm, der beide trennte und vereinte, war noch immer allgegenwärtig in ihrem Gedächtnis. Am Ende ihres wütenden Monologs über die Unzulänglichkeit der Likud-Partei hinsichtlich des Friedensprozesses schwor sie, das Land für immer zu verlassen, falls dieser Zustand andauerte.
Der ehemalige Arbeiterparteifunktionär lockerte für einen bescheidenen Abschnitt der gemeinsamen Gegenwart seine Hand und brach in ein leises Gelächter aus. Sie schwieg und betrachtete ihn voller Liebe und Bewunderung, die nur ein sich anbahnender endgültiger Abschied herbeizau-

bern kann. Die immer tiefer gewordenen Rillen auf seiner Stirn verrieten, dass am Ende seines dezenten Gelächters wieder ein vermächtnisgleicher Rat auf sie wartete.

„Ich musste mich so viele Jahre auf dieser Erde quälen, nur um es endlich zu wagen, deine kleine Hand stolz in aller Öffentlichkeit zu halten. Wenn ich ein aus Jemen stammender Jude wäre, hättest du noch fünf oder vielleicht sogar zehn hübsche Schwestern. Wahrscheinlich hätten diese mich genau wie du belehren wollen, dass sämtliche Likud Partei-Funktionäre besser als Planierraupenfahrer geeignet wären.".

Für eine kurze Weile schwieg er. Die Rillen auf seiner Stirn vertieften sich und er fuhr fort: „Ruchale, tue mir bitte einen Gefallen. Verbanne die Worte ‚für immer' aus deinem Vokabular. Der Gebrauch dieses Begriffes hat im Leben eines jeden Menschen nur zweimal einen Sinn. Zum ersten Mal traf er für mich zu, als ich jeden Tag ‚für immer' aufs Neue in einem Lager starb, das vom undurchdringlichen Tod umzäunt war. Einem Ort, an dem der Völkermord als Kulturgut deklariert war. In nicht so ferner Zukunft, wenn ich meine Atemzüge aufgegeben habe, wird der Zustand ‚für immer' zum zweiten und letzten Mal in meinem Leben zutreffen".

Sie liefen eine Weile, jeder in sich gekehrt, dem Gebäude des Habima-Theaters entgegen, als er sie mit einer Einladung zu einem Abendessen überraschte. Es war ihr letztes gemeinsames Mahl in einem Restaurant. Dieser Tatsache war sie sich sicher.

Sie wird nicht für immer im Treppenhaus eingekesselt sein, weil im Leben jedes Menschen der „Für immer" Zustand zweimal eintritt. Vierzig Jahre wartete sie auf den Moment, an dem sie Hand in Hand mit ihrem Vater stolz in Tel Avivs Straßen spazieren durfte.

Das zweite Mal wird es der Tod sein. Er wird ihre Atemzüge für immer löschen.
Ihre just erfolgreich zu Ende absolvierte Gedankenroute gebar eine Angstwolke, die den neu gewonnenen, blauen Horizont mit trüben Wolken zu bedecken drohte.
Sie wird sich nicht für immer im Treppenhaus verschanzen können!
„Wohin sollen wir von hier gehen?"
Das fieberhafte Sinnieren über das Sterben hier und heute, wenige Schritte entfernt vom toten Tier hinter den Propangasflaschen, findet sie albern und realitätsfremd. Alle diese Gedankenorgien sind letztendlich belanglos. Egal, wohin sie sich drehen und wenden wird, aus den Fängen des Stillstands wird sie sich nie befreien können.

In ihrer vorletzten Therapiesitzung flüsterte sie in der Hoffnung, der Psychotherapeut würde sie nicht hören: „Die tägliche Tabuisierung der Vergangenheit meiner Eltern hat mir im Verlauf der Jahre meine Lebensfreude geraubt. Aus Liebe und Mitleid zu ihnen wurde ihre Tragik zu meiner." Herr Doktor Stadelmeier hob langsam seinen mächtigen Kopf, um anschließend seine Augen erneut auf das blaue Notizbuch zu richten, und fragte unbeteiligt: „Ist dieser so genannte Stillstand nicht der kleine Tod für zwischendurch, Frau Gur?"
Nichts blieb ihr von ihren deutschen Jahren so gegenwärtig wie dieser Satz.

Der Honigkuchen liegt vor ihr auf dem Boden. Wie und wann landete er dort? Sie nimmt den Kuchen und hebt ihn ihrer Nase entgegen. Der mit Zellophan umhüllte Gegenstand gleicht einem Nichts, sondert keinen Geruch ab und haftet abweisend an ihrer Hand. Sie wird den Kuchen niemals mit ihren Lippen berühren. Laut der Information auf der Verpackung wiegt er 500 Gramm. Es ist durchaus

möglich, dass er jene überflüssige Last gewesen ist, die ihr den Kollaps bescherte.
Sie wühlt die vierte Tüte durch, bis ihre Hand auf die mittlerweile auf etwa 20 Grad erwärmte Quarkpackung stößt. „500 Gramm Quark im Kühlschrank und eine lauwarme Packung hier. Welcher ominöse Riese wird je diese Unmengen an Quark vertilgen?"
Rachel wiederholt sich immer öfter, länger und entschieden zu laut.

Nach Mutters Tod bestand Vaters Frühstück aus einem Häuflein strahlend weißem Magerquark, einer halbierten Tomate, drei grünen Oliven, einer Scheibe Graubrot und einer Tasse schwarzem Ceylon-Tee. Stolz nannte der alte Mann seine karge kulinarische Komposition „Hebräisches Arbeiterfrühstück".

„Wohin soll das alles führen? Papa ist doch längst nicht mehr unter uns"
Man kann aber doch der Sache in aller Ruhe nachgehen.
„Typisch, Mutters Spruch".

Der Honigkuchen und die Quarkpackung wiegen gemeinsam ein ganzes Kilo. Jene 1000 Gramm, die sie auf die Knie zwangen. Es könnten auch zwei Pflastersteine gewesen sein. Vier Tüten, bis zum Rand gefüllt mit grauen Steinen, hätten ihr den gleichen Kollaps beschert, ohne dass sie zuvor ihre Zeit im Supermarkt vergeudet hätte. Der Kollaps traf sie nur zwecks einer Neuordnung ihrer verwirrten Gedankenwelt.
Aber warum sollte es ausgerechnet hier im trüben Treppenhaus geschehen?
„Eigentlich durfte es hier nicht passieren!"
Aber wie kam es soweit?
Sie war im Supermarkt nicht ganz konzentriert gewesen.

„Lasche Ausrede!"
Rachel steht aufgebracht auf und geht sieben lange Schritte. Nur noch ein einziger Schritt und sie befindet sich wieder unter der glühenden Sonne Tel Avivs, ganze fünf Meter von der Mazeh-Straße entfernt. Von dort kann sie schneller als von irgendwo sonst die ganze Welt erreichen.
„Die Sonne blendet!"
Sie dreht sich um und kehrt zurück zu ihrem Stammplatz vor der ersten Treppe.
Die sich immer öfter und lauter zu Wort meldende Rachel hat Recht. Der Inhalt der Tüten ist völlig belanglos. Ihr Gewicht sollte nur den Sturz auslösen, den sie schon seit zehn Jahren bis ins letzte Detail plante.

Kapitel 10

An manchen langen Sommertagen verfiel sie gerne in den Irrglauben, die Nacht würde nie wieder in der Stadt auftauchen. Sie stand stundenlang auf dem Balkon im Frankfurter Nordend und lauerte auf die ersten Boten einer Nacht, die einen Sommer lang aufs Neue erfolglos versuchte, ihrer täglichen Pflicht zu entkommen. Manchmal gelang der Nacht beinahe diese Flucht, und die schwarze Stille traf viel zu spät in Frankfurt ein.
Die Winter in der Metropole am Main waren für ihre Widerstandskräfte erbarmungslos lang. Lang und lähmend. Die Furcht, sich widerwillig für immer in das Labyrinth ihrer Zugehörigkeiten zu verlieren, drohte ihr täglich die verbleibenden Fetzen Lebensfreude zu rauben. Sie, die Israelin, deren Herz auch fern von Tel Aviv noch immer für Ober-Galiläa pulsierte. Heute, auf der ersten Stufe des Wohnhauses in der Mazehstraße sitzend, ist sie sich ziemlich sicher, dass die Ferne aus der Nähe zu betrachten und hin und wieder sogar zu erleben, ihr nicht gutgetan hatte. Galiläas Schönheit erlebte sie nicht in dem von Stacheldraht und traurigen Eukalyptusbäumen umzäunten Militärlager nahe der libanesischen Grenze, in dem sie ihren Militärdienst verbrachte. Adnans Galiläa mit den zahllosen Olivenbäumen entlang des alten Asphaltstreifens und die winzigen Dörfer, die sich an karge Berghänge klammerten, schenkten ihr mehr als ein Hauch von Zugehörigkeit. Auch die Verführung der Ferne und alle Jahre, die ihr mal gehörten, konnten diesen Bund nicht zerstören. Tel Aviv diente nur als sichere urbane Schutzzone für Juden wie sie. Israelis, die formell zum jüdischen Glauben gehörten, aber nie die Synagoge besuchten oder zu Gott im jüdischen Himmel beteten.
Wenn der quirlige Adnan jetzt hier auftauchen würde, hätte sie nicht gezögert, ihre Einkäufe im Treppenhaus liegen

zu lassen und mit ihm Tel Aviv für immer den Rücken zu kehren.

Ihr Vater ahnte es, aber ihre Mutter hatte nicht das geringste Interesse für die Realität jenseits ihrer inneren, deutschsprechenden Welt. So blieb ihrer Mutter noch eine verheerende Wahrheit erspart: Rachel Gur, die Tochter des etablierten Aschkenasen-Paares aus der gediegenen Rothschildallee, bekam mit zweiundzwanzig ihren ersten Kuss von einem jungen Araber aus Ober-Galiläa und zwei Jahren lang all die Liebe, die sich eine junge Studentin wünschen konnte.

Kapitel 11

An wie vielen politischen Diskussionen und Demos hatte sie in ihren vier Jahren an der Universität teilgenommen? Fünfzig, sechzig oder vielleicht auch hundert.
Einen Tag vor ihrem Umzug nach Deutschland sagte ihre Mutter bei einem gemeinsamen Spaziergang am Sheraton-Strand: „Die wichtigsten Ereignisse im Leben eines erwachsenen Menschen müssen fein säuberlich in einem Tagebuch notiert werden. Es kann helfen, Vergangenes zu einem späteren Zeitpunkt aus einem anderem Blickwinkel zu betrachten, angesichts der Neigung jedes Menschen, die eigene Lebensauffassung immer wieder aus jeder neu gewonnenen Perspektive zu definieren." Beinahe hätte sie ihre Mutter gefragt, ob sie ihre Vergangenheit in einem geheimen Tagebuch verewigt habe, aber dann schwieg sie, des nahen Abschieds wegen.
Von ihren Uni-Jahren in Tel Aviv blieb ihr kein einziger Notizzettel. Linke kamen und gingen. Haarmähnen wuchsen schulterlang, um wieder der Schere des jeweiligen Trends zum Opfer zu fallen. Von kleinen Studentenwohnungswänden verschwanden Che-Guevara- und Karl-Marx-Poster für immer. Das Überleben im Schatten des unerbittlichen Konflikts mit den Nachbarstaaten und der unstillbare Konsum am Rand des Abgrunds brachten alle ideologischen Schattierungen um ihr Existenzrecht. Es blieben die ratlosen, um ihre Jugend beraubten Seelen, die später in einem national-konservativ gewordenen Land alleine um ihr Dasein kämpfen mussten. Kämpfen oder auswandern, nach Amerika, Kanada und in alle Himmelsrichtungen. Zurück in die Diaspora.
Das war wohl ihr vorläufiges Resümee zu ihren Uni-Jahren, jetzt Mitte August im Treppenhaus. Dazu brauchte sie keine staubigen Tagebücher, sondern eine Prise Mut,

um auch misslungene Epochen in ihrem Leben als solche zu erkennen.
„Aber Mutters Seele war doch bis zum Rand mit Zukunftsängsten überhäuft!"
Diesen Satz durfte sie niemals laut äußern. Niemals!
„Ich spreche nur die Wahrheit."
Deine oder meine?
Mutter lebte Tag und Nacht unter einer mächtigen Angstglocke. Es war die Furcht, des neu gewonnenen Lebens nach der Befreiung aus dem KZ nicht würdig zu sein. Adnan, der Student mit der etwas albern gelockten Orient-Hippie-Mähne und der ewigen provozierenden Glut der Lebensfreude in seinen schwarzen Augen, versuchte mehrere Male, ihr diese Tatsache zu erklären. Als Außenstehender, der ihre Eltern zum Glück niemals zu Gesicht bekommen hatte, besaß er den klaren Blick für das verworrene Leben der Familie Gur.
Jetzt, kurz vor dreizehn Uhr im schmucklosen Treppenhaus stehend, schämte sie sich, in den entscheidenden Jahren ihres Lebens die Boten ihrer Zukunft aus lähmender Treue zu ihren armen Eltern ignoriert zu haben.

In der Ausländerbehörde in der Mainzer Landstraße bekam sie vier Wochen nach ihrer Ankunft in Frankfurt von einer freundlichen Beamtin einen Stempel in ihren Pass. Er trug die Überschrift Befristete Aufenthaltsgenehmigung. Beim Warten auf die S-Bahn bei fünf Grad Kälte drohte eine warme Träne einen durchsichtigen Teppich in ihre Augen zu weben.
Die Freude trat in ihrer Kindheit stets in befristeten Perioden auf. Die Transitstrecken ihres Lebens dehnten sich dagegen zur quälenden Unendlichkeit aus. Mit Adnan Schulter an Schulter für den Frieden zu demonstrieren, um sich anschließend in ihrer kleinen Einzimmerwohnung nicht fern von der großen Synagoge in der Allenbystraße

zu lieben, bedeutete für sie das Glück in befristeter Vollendung, weil nur wenige Straßen östlich, in der feinen Rothschildallee, ein leidgeprüftes jüdisches Paar in einer kleinen gepflegten Wohnung lebte. Mutter und Vater durften nie erfahren, dass sie eine Liebesbeziehung zu einem Araber hatte. Das konnte für eine ganze Familie, die mit utopischer Tapferkeit um den Erhalt ihrer intakten Fassade kämpfte, den bitteren seelischen und gesellschaftlichen Untergang bedeuten.

Sie beschloss nach dem Scheitern ihrer Beziehung zu Adnan und den zwei traurigen Jahren, die der Trennung folgten, für immer nach Deutschland überzusiedeln. Wohl ahnend, dass auch dieser Schritt nur unter dem Segen des allmächtigen Begriffs „Befristet" stattfinden würde. Jener Zeitdimension, die ihr Leben beliebig zerstückelte und färbte. Mal bunt, mal grau und zu oft schwarz. Genauso wie es das Schicksal mit ihrer Heimat meinte. Nach sechzig Jahren schwebte über dem Staat Israel noch immer ein himmelgroßer Stempel mit der Überschrift „Befristeter Aufenthalt". Die blaue Tinte dieses Stempels verrann ins verdunkelte Treppenhaus und von dort über den vergilbten Rasen zu den Propangasflaschen.
Ihre unerschütterliche Liebe zum Staat Israel verdankte sie keineswegs den von unrealem Pathos beseelten Geschichtsstunden in ihrer Schule und gewiss auch nicht den Liedern der aus Ost-Europa stammenden Dichter des jungen Staates. Poeten, deren Pathos die Wolgaromantik mehr widerspiegelten als die kahle Landschaft Israels. Adnans Liebe zu Galiläa offenbarte ihrem Herzen zum ersten Mal die breite Allee, die sie in ein anderes Land führte. Ein Land, das seine melancholische Lebensfreude der vielen Eroberer wegen nicht jedem schenkte.
„Wir, die Galiläa-Bewohner, leben hier sehr lange. Der Ausgangspunkt unseres Schaffens ist die Barmherzigkeit",

flüsterte Adnan auf einem Fels sitzend, der himmelhoch über das Dorf En El Assad ragte. Das sagte er am Ende eines Gespräches, in dem sie versucht hatte, die moderne sozialistische Lebensart der Kibbuzim in Galiläa zu rechtfertigen.
In ihren Wanderungen kreuz und quer durch Galiläas Schluchten und Olivenhaine standen sie sich unerschütterlich nahe, unabhängig davon, wie konträr ihre politischen Gespräche waren, die überwiegend auf dem höchsten geographischen Punkt des jeweiligen Tages stattgefunden hatten. In Tel Aviv dagegen, befreit von seinen Gastgeberpflichten, wurde Adnan unnachgiebiger, hin und wieder sogar kriegerisch. In manchen schlaflosen Nächten betrachtete sie ihn heimlich, während er schlief. Des Öfteren schaute sie ihn so intensiv an, dass er ein vom Schlaf gerötetes Augen öffnete, um sie in Hebräisch, dessen arabischer Beiklang nicht zu überhören war, zu fragen, warum sie nicht schlafen könne. Anschließend liebten sie sich mit der sonderbaren Intensität, die nur eine hoffnungslos befristete Liebe zaubern konnte, um nach der Befriedigung ihrer Leidenschaft, eng umschlungen, gemeinsam in einen tiefen Schlaf zu versinken.

Auf ihren laut geäußerten Gedanken, sie habe sich womöglich aus Protest gegenüber den überschäumenden Heimatideologien ihres Vaters und der seelischen Kälte, die ihre Mutter ummauerte, mit einem Araber verbündet, reagierte Doktor Stadelmeier lediglich mit den Worten: „Interessant, Frau Gur, fahren Sie nur fort."
War der Psychologe in der Lage, ihr zu helfen, oder ließ er sie bewusst allein im Kampf mit diesem existenziellen Dilemma? Zwang er sie indirekt, ihren Kampf ohne seine Hilfe zu führen, weil nur selbst erlangte Wahrheiten eine fünfzigminütige Sitzung und manchmal sogar die eigene Sterblichkeit überleben konnten?

„Am Gipfel eines Berges, der uns einen pittoresken Blick auf den See Genezareth und die Golan Höhen schenkte, sagte Adnan unerwartet: ‚Dieses Land gehört uns, den Arabern. Aber in Anbetracht des Leids, das dein Volk in den letzten 2000 Jahren und insbesondere im zweiten Weltkrieg erlitt, erlaube ich euch, hier bei uns zu siedeln.'"

„Und wie haben Sie reagiert, Frau Gur?", fragte Doktor Stadelmeier leise und warf einen schnellen Blick auf die Wanduhr mit den gemalten Delphinen, um sich danach erneut in sein Notizbuch zu vertiefen.

„Ich habe ihm gesagt, dass ich seine Worte überheblich und realitätsfremd finde."

„Sagten Sie dies aus Treue zu Ihrer Heimat und Ihrer Eltern wegen oder war es Ihre ehrliche Meinung?", fragte er ungewöhnlich laut, ohne seinen Blick von ihr zu lassen. Diese bleischwere Frage stammte nicht aus dem Munde eines gewöhnlichen Mannes. Doktor Stadelmeier war ein deutscher Staatsbürger und zugleich der einzige Mensch auf Erden, zu dem sie absolutes Vertrauen hatte.

Sie schwieg nicht zum ersten Mal und blieb ihm, sich selbst und der Nachwelt bis zum heutigen Freitag eine Antwort schuldig.

Kapitel 12

Die letzten sechzig Minuten, entsprachen sie tatsächlich nur einer einzigen Stunde?
Ja, genau eine Stunde, die zu Asche verglühte, seit...
„Seit wann?"
Seit wann, wieso und warum!
Die Gedanken, die blitzschnell wie Tennisbälle in ihrem Schädel hin und her flogen, würden ihr am Ende noch den endgültigen Untergang bescheren.
„Versuch es noch einmal, Ruchale."
Gib mir nur ein wenig Zeit.
„Die hattest du zwanzig Jahre lang."
Nur eine einzige Stunde!
„Leg endlich los."
Also. Eine volle Stunde gesellte sich zu ihrer stets präsenten Vergangenheit, seit die Gegenwart ihr den Rücken kehrte. In der durchsichtigen Enge zwischen der oberen und unteren Glaskammer ihrer ganz persönlichen Sanduhr rinnt jetzt kein Sandkorn mehr. An dieser Tatsache wird sich nichts mehr ändern. Ihre Zeit ist um!
„Nein!"
Sie schreit dieses Wort befreiend laut aus ihrem Leib heraus, und es tut ihr gut. Der sicherste Gedankenkäfig hätte diesen lebensbejahenden Schrei nicht einsperren können. Sie schrie es aus ihrem Brustkorb heraus, wie es Mutter nie gewagt hätte.
So kann es doch nicht weitergehen.
Ihre Gedanken schießen immer schneller hin und her.
„Hin und her!"
Du musst nicht jedes Wort wiederholen.
„Dann lass' Mutter endlich in Frieden ruhen."
Sie hat Recht.
Von welchem staubigen Regal in ihrer Gedankenkammer nahm sie die Vermutung, dass ihre Arme Mutter es nie

gewagt hätte, Hunger und Schmerz in der kalten, dreckigen Tiefe einer finsteren Baracke im Konzentrationslager aus ihrem Leib zu schreien?

Das Treppenhaus ist in den letzten Minuten erstaunlich geruchsneutral geworden. Haben die grauen Raben das tote Tier im Hof gefressen?
„Ich habe Hunger."
Diese Worte flüstert sie so friedlich, wie es kleine Kinder tun, denen die ernüchternde Bekanntschaft mit dem Leid noch erspart geblieben war.
Hier im Treppenhaus gibt es kein Entrinnen mehr. Ihre Ahnung ist zur Gewissheit geworden: Jetzt, in diesem Moment, sechs Minuten nach 13 Uhr, geschieht es. Zum ersten Mal seit ihrem Tod vermisst sie ihre Mutter.
„Ich auch."
Warum hat es so lang gedauert?
„Wieso geschieht es ausgerechnet heute?"
Warum können wir es nicht einfach hinnehmen, ohne die Wahrheit wieder in ihrem vollen Umfang zu erforschen?
Am ersten Todestag ihrer Mutter saß sie den ganzen Nachmittag im Café Picasso. Hier hatten sie ihre letzte gemeinsame Plauderstunde verbracht.
Mutter bestellte deutschen Filterkaffe und schaute besorgt auf die jungen Männer und Frauen an den Nachbartischen. Nachdem die Kellnerin den Kaffee serviert hatte, gab sie eine Tablette Süßstoff in ihre Tasse und seufzte: „Arme, junge Menschen, ob sie den Frieden je erleben werden."
„Ich bin davon völlig überzeugt", flüsterte ihre einzige Tochter und legte ihre Hand für einen kurzen Moment zärtlich auf die reglose Hand der alten Frau. Nach einem Moment der Stille setzten sie ihr Gespräch über Vaters Gesundheitszustand und die aktuelle politische Lage in Israel fort.

Der gemeinsame Heimweg zog sich über eine Stunde hin, weil Mutter nur sehr langsam laufen konnte. Als sie den Anfang der Allenby-Straße erreichten, fragte die Tochter, ob es nicht klüger wäre, wenn sie einfach ein Taxi bestellten. Die alte Frau lehnte viel zu kurz ihren Kopf auf Rachels rechte Schulter, betrachtete das Meer suchend bis zum Horizont und rief anschließend entschlossen: „Ich brauche doch kein Taxi für die paar verbleibenden Schritte bis zu meiner Wohnung, solange du mich so tapfer unterstützt." Im Treppenhaus in der Rothschildallee angekommen blieb Mutter einen Moment lang kurzatmig stehen und suchte den Schlüssel ihrer Wohnung. Als sie endlich den Schlüsselbund in ihrer Hand hielt, hatte sie Tränen in den Augen. Es schien, dass sie ihrer Tochter ein Geheimnis von unermesslicher Bedeutung anvertrauen wollte. Ohne in die Augen ihrer Tochter zu schauen, flüsterte sie auf hochdeutsch: „Ich hasse Treppenhäuser. Kein Ort der Welt spiegelt so schonungslos den Übergang von Vertrautem zum Ungewissen. Ich kann kaum mehr auf meinen Beinen stehen, Ruchale. Lass uns endlich in die Wohnung fliehen." Sie hielt sanft ihren Arm und beide gingen - unzertrennlich nah und unerreichbar fern füreinander - bis zum letzten Atemzug die steilen Treppen nach oben.
Ihre Mutter begegnete dem Leben Tag für Tag mit der Unsicherheit und Ratlosigkeit eines kleinen Mädchens, aber war stets vorbereitet auf ein unvorhersehbares Wiedersehen mit dem Tod.

Als der abendliche Pendlerverkehr entlang des Asphaltstreifens an der Küste Tel Avivs langsam heimwärts rollte und die Erinnerung an den letzten gemeinsamen Nachmittag mit ihrer Mutter verblasst war, verließ sie das Café. In einem der verborgenen Fächer ihrer Tasche lag ein Gedicht, das sie an einem langen Nachmittag geschrieben hatte. Es war der erloschenen Hoffnung gewidmet, die Seele ihrer verstorbenen Mutter zu berühren. Sie schrieb in ihrem Leben zahllose Gedichte, die sie an manchen einsamen Samstagen einfach weg- warf. Das geschah in Folge des sich immer wiederholenden Drangs, ihre Seele endlich von dem mächtigen Schatten der Vergangenheit zu befreien, um den lang ersehnten Anschluss an die Zukunft zu erlangen. Auch jetzt, wenige Wochen vor ihrem fünfzigsten Geburtstag, pochte die Vergangenheit noch immer auf ihr Recht, sie von der Gegenwart abzuschotten und ihr somit den freien Blick auf die eigene Zukunft zu versperren.

Das Gedicht, das sie während der drei einsamen Milchkaffees im Café Picasso schrieb, kennt sie noch immer auswendig. Das gelbe Papierblatt, auf das sie es verewigt hatte, versenkte sie an einem kalten Samstag vor neun Monaten in der Papiermülltonne. Es trug noch bis zum letzten Moment den einzigartigen Nikotingeruch, der nur im Café Picasso schwebte. Von Reue geplagt rannte sie am Morgen danach zur Mülltonne, um das zerknitterte gelbe Blatt und die Erinnerung an ihre verstorbene Mutter aus dem gierigen Schlund der Vergessenheit zu retten. Das kostbare Relikt war verschwunden, aber die Erinnerungen, samt ihren unzähligen Nebenadern klammerten sich zäh an ihre Seele und schwollen, getrieben von ihren Ängsten, zu dem unbesiegbaren Monster heran, das sie heute im Treppenhaus überfiel.

Kapitel 13

Sie sitzt wieder auf der zweiten Treppenstufe und schläft. Wehe, wenn jemand es wagen würde, ihre Einkäufe zu stehlen, während sie sich hier im kühlen Treppenhaus ausruht, bevor sie zu ihrer Wohnung zurückkehrt.
Nein!
Sie schläft nicht, und außerdem hat kein Mensch auch nur das geringste Interesse an ihren in Zellophan verpackten Schätzen in den Plastiktüten.
Der Schmerz in ihrem linken Arm rinnt erneut in ihren Adern bis zum Herz und entfacht wieder und wieder explosionsartige Wellen. Dunkelblaue Wellen mit weißen Schaumkronen.
Vater wurden zweimal Bypässe gesetzt, um sein Herz am Leben zu halten.
„Was hat das mit mir zu tun?"
Von wo kommst du her gekrochen, um Unruhe und Ratlosigkeit zu stiften?
Wer hat laut gesprochen? Ruchale A oder B?
Hier im Treppenhaus gibt es nur eine Ruchale.
Adnan führte mit sich des Öfteren Selbstgespräche, besonders wenn er handwerklich tätig war.
„Das stimmt nicht ganz, meine Liebe."
Wieso nicht?
„Es waren keineswegs Selbstgespräche, denn er wusste ganz genau, dass du ihn beobachtest."
Kann sein.
Adnan hat jetzt eine arabische Frau und vier gesunde schwarzäugige Kinder.
Sie hat immerhin vier Plastiktüten prall gefüllt mit Lebensmitteln. Jetzt lacht sie unglaubhaft fröhlich.
In wenigen Minuten wird sie endlich ihr Ziel erreichen. Das Ziel liegt nur 49 Stufen entfernt hinter der geschlossenen Tür ihrer Wohnung.

„Es ist gar nicht wahr! Zu Ihrer Wohnung führen nur dreißig Stufen und die ehemalige Wohnung ihrer Eltern in der Rothschild-Allee liegt nur 400 Meter entfernt von hier."
„Von wegen. Es sind mindestens 700 Meter."
All ihre Abnabelungsversuche führten sie letztendlich nur 400 Meter weg von dem Ort, an den die Freiheit ihrer Seele gefesselt war – unter der strengen Aufsicht der Dämonen, die ihre Eltern aus dem grausamen Krieg mitgebracht hatten.
Wenn sie es jetzt tatsächlich wagen würde, endlich zu ihrem persönlichen Asylheim zurückzukehren, was würde sich dann ändern?
Wie denkt sie den heutigen späten Nachmittag zu gestalten?
„Was gibt es noch großartig zu gestalten, Ruchale?"
Einfach ignorieren.
„Und dann?"
Also diesmal wird der Nachmittag auf keinen Fall mit dem Lesen der Freitagszeitung beginnen.
„Bist du sicher?"
Einfach weiter ignorieren.
Nach einer gründlichen Dusche wird sie einen grünen arabischen Salat mit vielen Oliven, Tomaten und Zwiebeln zaubern. Den leckeren Salat beabsichtigt sie, nur mit einem winzigen Slip bekleidet, genüsslich in der Küche zu verspeisen. Danach ist ein gediegener Mittagsschlaf angesagt.
„Und wie soll es dann weitergehen?"
Wie an jedem normalen Freitag. Sie wird mit Anat telefonieren und vielleicht werden sie abends gemeinsam ausgehen.
„Aber Anat ist heute nicht da."
Den letzten Satz hatte sie in einem so zerbrechlichen Ton geflüstert, dass ihr zum Weinen zumute war.

Die Euphoriewelle, die sie unerwartet heimsuchte, verpuffte nach einer kurzen Blüte in einer neuen dumpfen Leere.
Aus diesem Treppenhaus kommt sie nicht mehr lebend heraus.
Einen ähnlichen Satz hörte sie vor Jahren in einer vom stinkigen Dunst selbstgedrehter Zigaretten völlig vernebelten Kneipe im Frankfurter Nordend.
„Pass auf, Ruchale, dein deutsches Kapitel rollt wieder in Tsunami-Stärke auf dich zu".
Hat sie diese Mahnung laut gesprochen?
Nein, auf keinen Fall!
Du lügst wieder.

Es war Samstag, kurz vor Mitternacht.
Wieso ging sie ausgerechnet in dieses Lokal?
„Du warst vielleicht einsam."
Ach was!
Sie saß an der Theke, trank spanischen Rotwein und genoss den monotonen Lärmpegel, der eine meditative Schutzmauer um ihre gewollte Einsamkeit bildete.
„Ist gewollte Einsamkeit keine Einsamkeit?"
Schon wieder dieser brüchige Flüsterton. Trotzig und hilflos. Nach einer Weile setzte sich ein groß gewachsener Mann, der sein Gesicht hinter einem Zehn-Tage-Bart versteckte auf den freien Hocker neben ihr. Er holte aus seiner Tasche einen Funk-Pieper, würdigte das Display eines müden Blickes und seufzte: „Aus diesem Krankenhaus komme ich nicht mehr lebend raus."
Doktor Wolfgang Striege war Arzt an der Uniklinik. Ein nicht untypischer Vertreter der sechziger Generation in Deutschland. Von seinen bewegten Unijahren blieben ihm nur das ewige Werkeln an seinem schwarzen BMW Motorrad, sein markanter Bart und eine schulterlange Haarmähne. Er hasste seinen Beruf aus tiefstem Herzen, aber liebte seine Patienten abgöttisch. Daran starb er Tag für

Tag in den vier Jahren, in denen sie sich so fern von der Gegenwart der anderen liebten.
„Welche Rolle spielte Sex in eurer Beziehung? "
Sie spricht ihre Gedanken immer leiser und bald wird sie gänzlich aufhören, sich laut zu äußern.
Nein, die pure Sexualität stand in der Beziehung zu ihrem deutschen Arzt nicht im Vordergrund.
„Er war nicht dein Arzt und du nicht seine Patientin."
Ja, das ist wohl wahr.
Wolfgang besuchte sie in ihrer Wohnung im Nordend nur ein- bis zweimal pro Woche. Donnerstags und jeden zweiten Samstagabend. Der Sonntag war, wenn das Wetter es erlaubte, ihren gemeinsamen Motorradausflügen gewidmet.
Wenn sie wach lag und ihren Kopf vertrauensvoll versunken auf seinen breiten Brustkorb legte, bildete sie sich oft ein, endlich mit dem Trauma ihrer Eltern versöhnt zu sein.
„Und Wolfgang?"
Vielleicht weilte in seiner Seele eine ähnliche Illusion. Der Sohn der Täter versöhnt sich mit dem Kind der Opfer und auf dem Aschehügel des Unrechtes blüht letztendlich eine wahre Liebe!
„Halleluja und Amen!"

Kapitel 14

Es ist kurz vor zwei.
Nein, es ist genau zwei Uhr nachmittags.
Hat sie sich erneut laut widersprochen?
Sie ist sich nicht ganz sicher, weil sie gleichzeitig in die Gedanken über Wolfgang und sein altes schwarzes Motorrad vertieft war.
Hatte Wolfgang sie nur ein einziges Mal gefragt, ob sie ihn liebe?
„Wann war das?"
Er tat es während eines Motorradausflugs in den Taunus.
Interessant, sie hat den Verdacht, einen Gedanken zum ersten Mal nur zur Hälfte laut gesprochen zu haben.
Bei ihren gemeinsamen Ausflügen mochte es Wolfgang, mit seinem Motorrad die scharfen Asphaltkurven schnell und tollkühn zu zelebrieren. Bei der ersten Verschnaufpause küsste er sie und fragte, ob sie ihn liebe.
„Ich bin mir nicht sicher", war ihre verlegende Antwortet. Diese Frage stellte er ihr möglicherweise nie wieder. Sie lehnte ihn am gleichen Ort nicht zum ersten Mal ab. Dabei liebte sie ihn sechs Jahre. Vier aus unmittelbarer Nähe, ein bis zwei Mal in der Woche und zwei weitere Jahre nach ihrer Trennung, Tag für Tag aus der Ferne.
Hat er ihr dieser Frage nicht insgesamt drei Mal gestellt?

„Achtung!"
Was ist los!
„Schläfst du?"
Ein rotes Taxi hält vor dem Eingang.
Es ist Moti!
„Das kann doch nicht wahr sein"
Sie hatte zum ersten Mal ihre Gedanken auf Hochdeutsch ausgesprochen!
Er ist nicht allein. Aus dem Fahrzeug steigt eine Frau!

„Sieh mal an, es ist tatsächlich eine schwarzhaarige Schönheit!"
Moti, der ewige Einzelgänger, kommt zum ersten Mal in Gesellschaft einer Dame!
„Was tun wir jetzt?"
Sie muss ihre Einkäufe von dem nach Pfirsich duftenden Boden hochheben und schleunigst in ihre Wohnung fliehen.
„Dann beweg dich endlich!"
Schon wieder Hochdeutsch.
„Soll ich es in Hebräisch oder besser in Arabisch wiederholen?"
Die beiden kommen ihr über Tel Avivs Erde schwebend im Zeitraffer entgegen. Unfassbar, traumhaft lebendig und real. Sie lachen herzlich und bleiben kurz vor der Eingangstür stehen. Moti und seine neue Liebe umarmen und küssen sich leidenschaftlich. Nach einer verträumten Weile gehen sie noch zwei Schritte und küssen sich erneut.
Rachel kann sich nicht entsinnen, je ein Taxi bestellt zu haben, und brachte auch nie einen Liebhaber zu ihrer Wohnung.
Also passt sie perfekt in das Klischee der *Jekim*, wie man in Israel die ernsten, stets korrekten und als steif geltenden Juden aus Deutschland nannte.
Steif und emotionsarm war sie immer.
„Was noch?"
Geizig?
Und vielleicht auch introvertiert?
„Hi Rachel, soll ich als mustergültiger Nachbar zwei deiner Tüten in deine Wohnung tragen?" fragte er freundlich.
„Nein danke, ich werde gleich abgeholt", log sie erstaunlich souverän.
Die schwarzhaarige Frau an seiner Seite schenkt ihr ein freundliches Lächeln und folgt ihm leichtfüßig.

Ihre honigbraunen Augen unter der glatten Stirn verraten die feminine Solidarität einer Komplizin, die ihre Not durchschaut.
In seiner Wohnung ankommend wird Moti erzählen, seine Nachbarin sei eigentlich eine unauffällige Person. Deshalb findet er es umso erstaunlicher, dass sie seit zwei Stunden ohne triftigen Grund im Treppenhaus ausharrt.

Es ist genau halb drei.
Die Hitze draußen ist unerträglich.
Seit zwei Stunden verschwendet sie ihre Zeit, manövrierunfähig in einem grenzenlosen Ozean aus purer Ratlosigkeit.
Sie bildet sich ein, den Geruch eines neuen Kadavers wahrzunehmen. Das neue tote Objekt im Hof stinkt bitter und muffig. Die Ratte hinter den Profangasflaschen riecht süßlicher.

Ihre Abrechnung mit allem, was ihr je widerfahren ist, glich eigentlich einer wertlosen und kraftlähmenden Wiederholung.
„Kein Wunder, wenn das ausgerechnet hier im bescheuerten Hauseingang geschieht!"
Muss es immer den richtigen Ort für die passende Handlung geben?
Nein, aber war sie tatsächlich ein Leben lang eine so geizige und steife „Jekin" gewesen?
„Nicht immer."
Einmal hatte sie sich schon ein Taxi bestellt.
„Ach was!"

Sie besuchte damals Vater im Krankenhaus. Es war nach seiner zweiten Operation. Da lag er in tiefer narkotischer Ohnmacht. Ein kostbares Wesen. Ihr letzter Angehöriger auf Erden. Blass und zerknittert sah er aus. Stundenlang

saß sie neben seinem weißen Bett. Kurz vor Mitternacht öffnete er zwei blaue Augen, die beinahe durchsichtig waren, und seufzte in Hochdeutsch „Tut mir leid, Mädchen".
Eine Stunde später schwebte sie resigniert und zugleich erstaunlich erleichtert durch die Ewigkeit einer weißen Korridor-Welt. Draußen, in der anderen Realität ankommend, nahm sie sich ein Taxi.
Rachel steht auf und läuft entschlossen der großen Stadt entgegen. Wenige Zentimeter vor dem Ort, an dem das Licht die Herrschaft von dem Reich des Schattens übernimmt, bleibt sie stehen.
Nach einigen Sekunden dreht sie sich lautlos um und läuft zurück.
Wie oft hat sie ihren Fluchtversuch schon so kurz vor dem Eintritt in den Lichtkreis abgebrochen?
Jeden Tag und jede Sekunde ihres Lebens.
Ein dünner Schweißfilm überzieht sie. Sie fühlt sich nackt.
Ja, sie ist die Frau, die nur umhüllt von einem dünnen Schweißfilm im Treppenhaus umhergeistert. Ein merkwürdiges Wesen, dem nichts Besseres einfällt, als wenige Wochen vor seinem fünfzigsten Geburtstag stundenlang auf dem ersten Treppenabsatz eines Hauses zu vegetieren.
Dieser schmucklose Ort, der sich zu einer undurchdringlichen Sackgasse verwandelt hat, führte zu einer Wohnung, die achtzehn Jahre nur ihren Leib beherbergte.
Ist sie also geistig und seelisch gesehen obdachlos, oder gar heimatlos, genau wie die Russen in der Allenby-Straße?
Sie sollte himmelsumspannende Fragen dieser Art unbedingt ignorieren.
Kann ein Mensch sich selbst ignorieren?
„Seine eigene Stimme!"
Nein!

Sie kann ihre Gedanken nicht löschen, geschweige denn kontrollieren, aber sie kann sich selbst, samt all ihrer Ableger, einfach für alle Ewigkeit aufgeben.
Ruchale - die Israelin.
Rachel - die Deutsche.
Rachel - aus nirgendwo.
Rachel - die Verrückte aus dem Treppenhaus.
Zuletzt auch die makellose Rachel, die sie immer sein wollte und es nie sein wird.

Kapitel 15

Kurz vor drei Uhr nachmittags.
Die Alarmglocken verstummen, weil sie niemand mehr wahrnimmt.
Die Gefahr ist allgegenwärtig.
Vierundzwanzig Stunden am Tag.
„Nein, nur seit drei Stunden."
Bildet sie sich jetzt ein, bedroht zu sein?
Unfug!
„Diese sonderbare Phobie hast du den ganzen langen Weg von Deutschland bis hierher mitgeschleppt"
Die laut denkende Rachel stellt sie bloß.
„Das habe ich gehört!"
Wie konntest du es hören?
„Weil du es laut gesprochen hast."
Bist du ein souverän denkendes Wesen oder eine Seele ohne Leib?
Es ist völlig albern. Hier gibt es keine zweite Rachel, und es gibt auch keine zweite Wahrheit.
Ihre innere Stimme begann erst in Deutschland zu einer ständigen Bedrohung zu werden. Eine direkte Mitschuld ihrer Eltern an dieser schrecklichen Tatsache kann sie nicht mit 100-prozentiger Sicherheit feststellen.
Wer ist die laut denkende Rachel?
Sie ist kein Feind. Kein Feind von draußen.
„Der Feind von innen?"
Nein!

Aus der Tüte, die sie „Sakit Schalosch" - auf Hebräisch „Tasche drei" - getauft hat, holt sie eine Flasche Kakao. Sie betrachtet diese Flasche verblüfft von allen Seiten, als ob es sich um einen Gegenstand von einem anderen Stern handele. Diese Flasche hat sicherlich jemand in ihre Tüte geschmuggelt!

„Wie albern."
Doch!
Sie schließt ihre Augen und beabsichtigt, zu Gott zu beten. Er soll endlich ihren Selbstgesprächen ein Ende bereiten und ihr einfach die Kraft geben, neunundvierzig Stufen zu überwinden.
„Es sind keine 49 Stufen."
Nein, es hat keinen Zweck. Sie kann nicht beten, weil auch Mutter, Vater und Tante Selda kein einziges Mal zu Gott gebetet haben.

Die Gefahr droht nicht mehr von außen zu kommen. Das Leid, das ihre Eltern erfahren hatten, ist an allem schuld. Das Leid ihrer Mutter und ihres Vaters im Konzentrationslager schmolz mit der Gegenwart der neuen deutschen Republik, weil dieses Land auch vier Jahre lang ihre Heimat war.
Sie trägt in ihrer erschöpften Seele das Leid der Opfer, die Schuld der Täter und den Schmerz derer Kinder.
An diesem unglücklichen Freitag, wenige Wochen vor ihrem fünfzigsten Geburtstag, trennen sich das Leid der Opfer, die Schuld der Täter und der Schmerz ihrer Nachkömmlinge endgültig voneinander. Das eine mutierte zur laut denkenden Rachel, das andere wurde ein still leidendes Mädchen in der Rothschildallee im alten Stadtkern von Tel Aviv.

Sie kann die Kakaoflasche unmöglich in ihre ursprüngliche Tüte zurückverstauen. Die so genannte „Sakit Schalosch" ist zu voll.
„Die andern sind es auch!"
In den drei Stunden, die sie bis jetzt im Treppenhaus verbracht hat, scheinen sich, ihre Einkäufe unaufhaltsam vermehrt zu haben. Die belanglosen Lebensmittel in den vier Tüten gleichen ihren Ängsten. Sie multiplizieren sich

unaufhaltsam in ihrer Seele, die allmählich zu eng geworden war, um all diese Not zu beherbergen.
„Musste sich dieser Untergang ausgerechnet heute am Sabbat-Abend vollziehen?"
Es handelte sich doch nur um ein vorübergehendes Tief. In wenigen Minuten wird die Vernunft endlich Oberhand gewinnen. Diese utopisch positive Einschätzung hätte auch aus Mutters Mund stammen können. Unangenehme Wahrheiten stets zu verharmlosen oder zu verschweigen, so lebte und litt Mutter Tag für Tag.
„Und Vater?"
Ihr Vater schmiedete Lobeshymnen auf eine Heimat, die es nie geben wird. Ein „Medinat Israel", in dem alle Juden glücklich und gleichberechtigt in Frieden leben werden. Doch der Frieden ist heute noch immer die gleiche Utopie wie im Jahre 1948. Die Kluft zwischen Arm und Reich ist in der neuen Heimat der Juden heute größer als anderswo.
"Ihr Juden befindet euch ständig auf der Flucht, auch wenn ihr nicht verfolgt werdet. Menschen, die sich stets von Gefahren bedroht fühlen, können unmöglich soziale Wesen sein. Denn auf der Flucht zählt nur das Ich."
Wegen dieser Aussage stritt sie mit Adnan, ihrem verbotenen arabischen Freund, eine ganze Winternacht lang.

Der rostige Petroleumofen in der Einzimmerwohnung hinter der großen Synagoge in der Allenby Straße sonderte mehr Giftschwaden als Wärme ab, während sie Adnan von der tragenden Rolle der Barmherzigkeit unter den Juden in der Diaspora erzählte. Er konterte mit der Vertreibung der Araber aus deren Dörfern im Jahre 1948 als Beleg dafür, dass auch Juden kaltherzig sein konnten. Ihr Streit zog sich bis fünf Uhr morgens hin. Als der erste Lieferwagen der Stille einer langen Winternacht am Ufer des Mittelmeers ein Ende setzte, gehörte ihr Gefecht der Vergangenheit an. Die widerwilligen Feinde fielen eng umschlungen in einen tiefen Schlaf. Heute, fünfundzwanzig Jahre später, insbesondere nach dem vom israelischen Militär geduldeten Pogrom in Sabra und Shatila im Libanonkrieg und der stetig wachsenden Zahl von rechtsradikalen Israelis, hätte sie sich nicht so leichtfertig zugetraut, Adnans Thesen vehement zu widersprechen, wie sie es in der über zwei Jahrzehnte zurückliegenden Nacht getan hatte.

Kapitel 16

Halb Vier.
Der Geruch des neuen Kadavers scheint endgültig verschmolzen zu sein mit der Duftkulisse einer Metropole, die allmählich weltlicher und sündiger geworden ist, als es manchem machtgierigen, ultraorthodoxen Rabbiner lieb war.
Ein dumpfer und dennoch himmelbreiter Lärm von einem hundert Tonnen schweren Flugzeug im Landeanflug auf den Flughafen Ben-Gurion, dringt bedrohlich gegenwärtig und schmerzhaft lebendig in das Treppenhaus. Das Brüllen der Turbinen wird immer lauter und lauter. Nur noch etwa 200 Meter, und die Maschine wird in wenigen Sekunden die Mazeh Straße in ein riesiges Flammeninferno stürzen.
Flugzeuglärm und Kerosingeruch lenkten ihre Gedanken immer zurück nach Deutschland.
In ihren Frankfurter Jahren befasste sie sich in manchen besinnlichen und zerbrechlichen Spätsommerabenden des Öfteren mit ausgiebigen Gedankenausflügen auf ihrem winzigen Balkon. Nicht selten drehten sich die Grübeleien um ihre immer kritischer gewordene Haltung zu den Heimatideologien und ihre latent vorhandene Angst um die Zukunft Israels. Diese Gedanken manifestierten zugleich spiegelverkehrt ihre Zweifel an dem moralischen Recht auf die Wiedergeburt eines neuen deutschen Staates nach dem unermesslichen Unheil, das im Namen des deutschen Volkes geschehen war.
Vergeblich wartete sie jahrelang darauf, doch aus dem Munde ihrer Eltern hörte sie nie ein einziges Wort des Tadels über deren alte Heimat. Taten sie das aus Rücksicht auf ihre einzige Tochter nur in ihrer Abwesenheit?
War die Liebe ihrer Eltern zur ersten Heimat der unbeschreiblichen und grausamen Massenvernichtung der Ju-

den zum Trotz unsterblich, wie die erste große Liebe eines Mannes und einer Frau?
„Es ist absurd, zutiefst kindisch und völlig indiskutabel, die Liebe zur Heimat und die erste große Liebe zusammen in einen ominösen Schnellkochtopf zu werfen."
Jetzt war es ihr endlich klargeworden. Die peinlich laut denkende Rachel verkörperte ihre israelische Hälfte. Trägt demnach die besonnene Hälfte ihrer Seele eine deutsche Identität?
„Nur wegen vier vergeudeter und haltloser Jahre in Frankfurt?"
Sie bricht in ein bitteres Gelächter aus.
Haltlose Jahre in Frankfurt? Wann boten ihr die Jahre in Israel je irgendwelchen vertrauenserweckenden Halt?
„In Vatis letztem Lebensjahr!"
Sie und Vati waren doch nur Schiffbrüchige, die sich gemeinsam an ein leeres Holzfass klammerten, in der stürmischen Mitte eines Meeres aus illusorischer Hoffnung auf Heimat für ein traumatisiertes Volk. Ein Land - gerecht und friedlich wie kein anderes auf Erden.
Jetzt ist ihr nach Weinen zumute. Die laut denkende Rachel tut ihr unendlich leid, denn sie war die allerletzte Seele, die allen Winden des Zweifels zum Trotz der Familie Gur die Treue hielt. Es waren doch nur drei verwandte Flüchtlinge auf der gemeinsamen Suche nach einem geistigen Asyl, am falschen Ort und zum falschen Zeitpunkt.
Was für eine unrealistische Schlussfolgerung!
Den richtigen Ort oder den richtigen Zeitpunkt gibt es nur im Märchen.

„Die kommende Generation wird es viel leichter haben, Ruchale. Das wirst du noch erleben." Ein typischer Spruch von Vati. Sie kann sich genau erinnern, wann er diese Worte in ihr Gedächtnis eingemeißelt hatte. Es geschah in den 90er Jahren.

„Ein Jahr vor Rabins Ermordung".
Die beiden spazierten gemeinsam von Shderot Rothschild zum Bezalel-Markt, in der Nähe der King-George-Straße. Der Markt bestand aus etwa zehn Falafel-Imbissbuden. Jeder pries dort lauthals mit morgenländisch anmutenden Gesängen seine Ware als die allerbeste unter Gottes Himmel. Es schwebte dort eine verführerische Duftkomposition aus frisch frittierten Kichererbsenbällchen und Gemüse, die stärker war als der penetrante Dieselqualm, den die Busse hinter sich ließen. Es war eine kleine kulinarische Oase, in der der Alltag synchron zum schlichten Tagesgenuss pulsierte. Fern des Strudels aus eilenden und rastlosen Fußgängern und hupend drängendem Blech. Die Kunden durften sich so viel Falafel und leckere Beilagen nehmen, wie sie nur in ihr Fladenbrot pressen konnten. Sie und Vati wählten immer die gleiche rote Imbissbude am Rande des Marktes. Vati nahm drei Falafelbällchen in seine Brottasche und stand anschließend einen langen Moment fremd und hilflos in der lebhaften Mitte eines Landes, das nach den Visionen der aus Europa stammenden Funktionäre eine moderne Heimat sein sollte, in der arabische Speisen und lauthals schreiende Verkäufer nicht vorgesehen waren.
Der aus Jemen stammende schwarzäugige Mann hinter dem Tresen rief Chaver Gur freundlich zu „Jalla, Jalla, hau rein, nicht schüchtern sein, der Herr. Likud oder Arbeiterpartei, Jacke wie Hose, morgen kann es wieder Rezession geben, also nicht schüchtern sein, hau rein." Herr Gur lächelte dem Verkäufer verlegen zu und packte drei gebratene Auberginenstreifen in sein Pitabrot. Er zwinkerte seiner Tochter spitzbübisch zu, entfernte sich wenige Schritte vom Imbissstand, um ihr flüsternd eine leichtere und bessere Zukunft schon ab der kommenden Generation zu versprechen. Ob er damit seine Hoffnung manifestierte, dass eines Tages endlich auch die Nachkömmlinge der Juden

aus dem Orient sich auf europäische Tugenden besinnen würden?
Der Falafelmarkt gehört nun schon seit mehreren Jahren der Vergangenheit an. Fast Food aller Schattierungen gehört inzwischen zum kulinarischen Alltag des hektischen Lebens in Israel. Die Verkäufer sind stumm geworden. Die natürliche Lebensfreude verblasste unter der Last des täglichen Wetteifers nach immer mehr Konsum. Das Leben in Tel Aviv wird heute diktiert von einer zwanghaft postmodernen hysterischen Glückseligkeit, irgendwo in der verlorenen Route zwischen Orient und Okzident.

Kapitel 17

War sie schon stundenlang in den Schlaf vertieft gewesen? Ein kurzer Blick auf ihr rechtes Handgelenk versetzt sie in Erstaunen. Ihre letzte Ohnmachtsperiode dauerte nur ganze fünf Minuten.

Fünf Minuten vor Vier.
Sie steht auf, streckt ihre Hände von sich und nimmt die merkwürdige Tatsache zur Kenntnis, dass der Geruch des toten Tieres hinter der Propangasflasche erneut seine unsichtbaren Kreise im Treppenhaus dreht. Süßlich und penetrant wie zur Mittagszeit.
„Es kann unmöglich die gleiche Ratte sein."

Rachel wendet sich ihren Tüten entgegen. In der vierten Tüte, die sie „Sakit Arba" nennt, versteckt sich ein halbes Kilo Trauben. Die hatte sie ganz bewusst gekauft. Ein Irrtum oder eine von Erinnerungen gelenkte Fehlhandlung waren in diesem Fall völlig ausgeschlossen.
Bedrängt von einer Welle der Ungeduld, die in ihren Wangen eine brennende Glut zaubert, kippt sie den Inhalt von „Sakit Vier" auf den Boden.
Tampons, schwarzer Tee, zwei Sardinendosen, eine Packung Taschentücher, eine Flasche Geschirrspülmittel, ein Kilo Karotten.
Das war es!
„Und die Trauben?"
Ihre untere Lippe zittert.
Nein, sie bildete es sich nur ein.
Doch, ihre Lippe zittert! Dies geschieht immer, wenn sie sich in dem quälenden Tal befand, das sich zwischen Wut und Zweifel erstreckte. Wenn die laut denkende Rachel nun hier und jetzt als leibhaftig autonomes Wesen er-

schien, würde sie ihre Widersacherin mit den Füßen treten, bis diese für alle Ewigkeit schwieg.
„Und wenn jetzt Moti und seine Diva nach einem gediegenen Liebesakt hier strahlend vor Glück auftauchen würden?"
Die letzte Frage hat sie unmöglich akustisch vorgetragen, und wenn sie es tatsächlich tat, was ist daran so sonderbar? In Deutschland führen so viele Menschen Selbstgespräche, und niemand käme auf die merkwürdige Idee, sie deswegen als Geisteskranke abzustempeln.
Frau Löwenthal führte auch öfter Selbstgespräche, sogar inmitten von Veranstaltungen im Saal der jüdischen Gemeinde in Frankfurt und niemand schien es zu merken.
Hatte sie ihre Gedanken schon wieder laut geäußert?
„Nein! Erzähl die Geschichte mit Frau Löwenthal ruhig weiter."
Die Gemeindemitglieder nahmen das auffällige Verhalten der alten Dame wohl wahr, aber zeigten es nie. Frau Löwenthal war über achtzig Jahre alt und trug eine blaue Nummer auf ihrem linken Handgelenk. Man hätte ihr alle Sünden der Welt verziehen. Sünden, die sie nie begangen hatte, außer ihrer lauten Selbstgespräche.
Sie, Rachel Gur, trägt keine blaue KZ-Nummer auf ihrem linken Arm, ist erst 49 Jahre alt, lebt in Tel Aviv und versucht seit Stunden mit den Dämonen, die mal die Seelen ihrer Eltern gequält hatten, einen einigermaßen klaren Dialog zu führen.
Ist dieser Versuch nicht ein klares Indiz für den desolaten Zustand ihrer Psyche?
Gebückt räumt sie ihre Lebensmittel vom Boden zurück in die Tüte. Das Zittern ihrer Unterlippe hört endlich auf, aber die Trauben, wo stecken sie bloß.
„In Sakit Achat."
Soll sie ihre israelische Hälfte ab sofort einfach ignorieren? Moment mal!

Wer hat entschieden, dass die laut denkende Rachel zu ihrer israelischen Hälfte gehörte? Kann eine Seele sich zu zwei autonom denkenden Wesen entzweien?
Geschwind hebt sie die Tüte „Sakit Achat" hoch und kippt deren Inhalt wütend vor ihre Füße. Inmitten der bunten Packungen schimmert durch die mit Zellophanfolie versiegelte Strohschachtel das zarte Grün von frischen Trauben. Sie packt den auf dem Boden zerstreuten Inhalt zurück in die Einkaufstasche, nur die Trauben lässt sie für eine unvorhersehbare Zeitspanne auf dem Boden liegen.
Die laut denkende Rachel darf nicht unterschätzt werden.
Sie wusste ganz genau, dass sich die Trauben in „Sakit Achat" befanden!

Vier Uhr Nachmittag.
„Steh nun endlich auf."
Seit vier Stunden sitzt sie hier.
Nein, diese Beschreibung ist nicht präzise genug. Mal stand sie, mal saß sie oder lief hin und her. Sie demontierte ihre Vergangenheit zu tausenden Schrauben, Zahnrädern und Schmerzsplittern. Diese lagen jetzt eng eingepfercht in vier bunten Plastiktaschen, herausgerissen aus jeder vorhandenen Zeitdimension, während andere Menschen in Tel Aviv einfach ihre Gegenwart lebten.

„Unbegreifliche Vergangenheit und bewusst erlebte Gegenwart können unmöglich in einem Herzen gemeinsam und gleichberechtigt pulsieren."
Von wem stammt dieser Spruch?
„Doktor Stadelmeier."
Die laut denkende Rachel kann sich doch irren. Es war Wolfgang.
Bist du sicher?
Ja.
Wolfgang trug auch einen Doktortitel.

Die Frage, ob sie den letzten Gedanken schon wieder laut gesprochen hatte, hallte aufdringlich und bedrohlich in ihrem Kopf. Falls dieses nicht der Fall war, wäre es ein klarer Beweis dafür, dass sie normal ist. Eine ganz normale Frau, die einen kleinen berechtigten Kollaps durchlebt hat, wenige Tage vor ihrem fünfzigsten Geburtstag.
Fünfzig zu sein bedeutet, den endgültigen geistigen Abschied vom eigenen Kind, das sie nie in ihrem Mutterleib trug, und das Ende des Traums von der Familie, die es nie geben wird. Letztendlich den Verlust von unzähligen schönen Kindern, die noch viele Generationen das Erbe ihrer Familie am Leben gehalten hätten.
Die Zahl Fünfzig glich für sie einem numerischen Synonym für die endgültige Kapitulation. Es bedeutete, dass die Nazis mit sechzig Jahren Verspätung ihr Ziel erreicht hatten. Familie Gur wird somit in wenigen Wochen offiziell vernichtet sein. Noch drei anonyme Opfer in einer tief schwarzen Bilanz, die längst weit über die Zahl 6.000.000 gewachsen war.
Sie steht auf und fühlt sich federleicht. So leicht, dass in ihr der Verdacht keimt, es hätte Rachel Gur nie gegeben. Hier, in Deutschland oder anderswo.

Rachel nimmt zwei Tüten in jede Hand. Der kleine Strohkorb mit den hellgrünen Trauben bleibt auf dem Boden liegen.
Jetzt kann sie endlich nach Hause gehen. Mit schnellen Schritten wird sie zum blitzblanken Badezimmer eilen, um ihre Blase endlich zu leeren und anschließend ihre Einkäufe in der Küche zu verstauen. Erst dann wird sie sich endlich ein ausgiebiges Bad genehmigen.
Klingt spannend, aber was wird danach noch Großartiges passieren?
Dieses Mal war sie sich sicher, den letzten Gedanken nicht laut gesprochen zu haben.

Vielleicht sprach sie ihre Gedanken niemals laut!
Sie legt ihre Einkäufe auf den Boden und bleibt stehen.
Ihre Unterlippe beginnt erneut heftig zu zittern.
Einbildungen dieser Art sind keine Symptome, die in einem gesunden Geist wohnen.
Von wem stammen bloß diese Worte?
„Von Rachel."
Das hatte sie aber ganz klar gehört!
Die Schachtel mit den Trauben liegt noch immer einsam auf dem Boden. Sie hebt den kleinen Korb auf, reißt die Zellophanabdeckung auf und kostet eine Traube.
„Ruchale, iss niemals Trauben, ohne sie vorher gründlich zu waschen."
Das war eine typische Sprechblase von Mutter.
„Kein Arbeiterkind ist je wegen des Verzehrs von ungewaschenen Trauben gestorben."
Ein typisches Contra ihres Vaters, des Arbeiterfunktionärs.
Ach du lieber Gott im Himmel, tief im Ozean oder wo auch immer. Hier im nach Pfirsich, Nescafé und einer toten Ratte stinkenden Treppenhaus ist ihr um zehn nach vier Uhr nachmittags endgültig klargeworden, dass ihre Eltern sich nie geliebt hatten!
Was für ein Blödsinn. Woher willst du das wissen?
Hat sie die letzte Frage wieder laut gesprochen?
„Ja, das hast du getan!"
Das war ich nicht!
„Doch!"
Wie erstaunlich. Du kannst lügen.
Wer bist du eigentlich?
„Das hast du mich schon mehrmals gefragt".
Es gibt hier nur eine Rachel!
Verzettelt und erschöpft, umherirrend in einem Labyrinth aus Notlügen, fatalen Rücksichtnahmen und zum Tode verglühten guten Absichten aller Art. Alles im Namen eines Wunsches nach Glück und Erfüllung. Im Schatten ei-

ner Vergangenheit, die eine lebendige und von Liebe beseelte Gegenwart niemals dulden wird.

Es ist noch immer zehn nach Vier.
Irgendjemand mit göttlicher Fügung hat die Wahrheit nach sechzig Jahren aus ihren Gehegen befreit.
„Es ist die andere Wahrheit. Eine Wahrheit, die kein Mensch je erfahren hat. Jene Wahrheit, die kein Mensch überleben wird."
Genau diese Wahrheit lauert nun angriffslustig ganz in der Nähe.
„Wo genau?"
Vielleicht hinter der Propangasflasche?
Dort liegt ein totes Tier hinter zwei großen Gasflaschen mit der Aufschrift *Amisragas*!
Unzählige Male übersetzte sie in der Vergangenheit den Namen des israelischen Gaslieferanten ins Deutsche: Volks-Gas-Israel!

Kapitel 18

Fünfzehn Minuten nach vier.
Einmal, nur ein einziges Mal nach ihrer Trennung, wagte sie Adnan anzurufen.
„Ach was, ich kann mich daran überhaupt nicht mehr erinnern! Erzähl doch, wann war das?"
Es ereignete sich an ihrem ersten Weihnachtsabend in Deutschland. Die Wohnung im Nordend roch noch penetrant nach frischer Wandfarbe. Ihr dringender Wunsch nach der physischen Nähe eines Mannes war die Ursache für die Kopfschmerzen, die seit einer Stunde in ihrer linken Schläfe pulsierten, aber damals glaubte sie, der strenge Gestank der frischen Farbe wäre der Grund dafür. Mutti rief sie wie erwartet genau eine Minute nach neun Uhr abends an, des günstigen Nachttarifs wegen. Fünfzehn Minuten lang konnte sie die Wohnung ihrer Eltern in Shderot Rothschild förmlich fühlen. Dann verabschiedete sich ihre Mutter wie immer beinah panikartig, als ob die Befürchtung, ihre Tochter könnte sie jeden Moment mit Fragen zu ihrer verschwiegenen Vergangenheit konfrontieren, ihr zu bedrohlich geworden wären. Einen Moment lang ließ sie den warmen Hörer noch an ihrem verschwitzten Ohr haften. Dann wählte sie Adnans Nummer. Eine junge Frau nahm den Anruf mit einem zögerlichen „Hallo" entgegen. Sie beabsichtigte den Hörer zurückzulegen, aber brachte es nicht übers Herz, weil das grob und unhöflich gewesen wäre.
„Guten Abend, mein Name ist Rachel Gur, kann ich bitte Adnan sprechen?", fragte sie leise. Ihr Herz pulsierte laut und schnell in ihrem Brustkorb, während sie auf Adnan wartete. Nach einer Weile rollte seine Stimme ihr Tausende von Kilometern entgegen und schlug hundert neue Ritzen in ihre brüchigen Schutzmauern. Männlich bestimmend und dennoch mit sanftem väterlichen Unterton rief

er etwas verblüfft „Hallo, Rachel." Sie schwieg und er bedrängte sie nicht.

Auf ihre Frage nach seinem Wohlbefinden bedankte er sich und sagte, ihm gehe es gut. Er hielt kurz inne und fragte höflich, ob es ihr auch gut ginge.

„Ich lebe in Deutschland", beichtete sie verschämt.

Der arabische Mann am anderen Ende der Leitung schien plötzlich aus für sie damals unerklärlichen Gründen seine Geduld zu verlieren. „Was suchst du in Allahs Namen ausgerechnet in Deutschland?" fragte er erschreckend nah und laut.

„Ich lebe hier, einfach so", antwortete sie und bedauerte ihren Anruf zutiefst.

Sechzig Sekunden später starb die Begegnung, die keine war, weil die Teilnehmer den seelischen Draht zueinander längst verloren hatten.

Nach dem Gespräch konnte sie stundenlang kein Auge zumachen. Um drei Uhr nachts brühte sie sich eine Tasse schwarzen Ceylon-Tee auf, bitter und süß, wie es ihn in der israelischen Armee gab, und ging auf den Balkon. Dort stand sie so lange, bis die Kälte sie zurück in die beheizte Wohnung drängte.

Sie kann sich bis heute ganz genau an die gegenüberliegenden Häuser in der Keplerstraße erinnern. An die tonnenschwere deutsche Stille, die auf den Dächern der Stadt lastete.

Hatte sie ausgerechnet Frankfurt als Fluchtort gewählt, weil sie sich so sicher war, dass ihre Eltern es niemals wagen würden sie bis nach Deutschland zu verfolgen?

Hat ein Kind das moralische Recht, seine leidenden Eltern in ihren alten Tagen im Stich zu lassen, nur um das so genannte eigene Leben zu verwirklichen?

„Kann ein Kind, das von seinen Eltern nie wirklich wahrgenommen wurde, jemals so etwas wie ein eigenes Leben haben?"

Die laut denkende Rachel war kein autonomes Wesen. Sie lebte ihre Gedanken eben mal schweigsam und mal laut.
„In Deutschland tun dies viele Menschen."
Du wiederholst dich immer öfter.
„Du auch."
Sie lächelte den Wänden und Treppen entgegen, nahm die Trauben und verzehrte sie ungewaschen, wie es Arbeiterkinder zu tun pflegen.
Im Treppenhaus schallt Motis lachende Stimme. Eine unsichtbare Frau seufzt. Wenn ihr der Nachbar jetzt leichtfüßig mit seiner neuen Liebe entgegenkäme und sie fragen würde, was sie veranlasst hat, einfach vier Stunden im Eingang zu campieren? Was würde sie ihm antworten?
„Ich lebe hier."
Die laut denkende Rachel hat mehr Humor als die still denkende Frau Gur.
Wie hätte Moti reagiert, wenn sie ihm auf Hochdeutsch einfach mitgeteilt hätte „Ich lebe hier, Herr Nachbar!"
Das würde sie nie wagen.
Aus ungeklärtem Grund beharrt sie gerade heute auf ihrem vernichtenden Recht, an allem zu zweifeln.
Nein, sie belog sich nicht zum ersten Mal selbst als sie behauptete, mit dem Araber nur einmal telefoniert zu haben. Dabei hatte sie in ihrem ersten deutschen Jahr zehnmal mit Adnan telefoniert.
„Mindestens!"
Die laute Rachel ist manchmal unbarmherzig ehrlich.
Jeder Mensch log gelegentlich oder sprach hin und wieder seine Gedanken laut aus. Warum konnte sie sich solche unbedeutenden menschlichen Schwächen, die eigentlich keine waren, nicht verzeihen? War sie besessen von dem Wunsch, ein Übermensch zu sein, so wie manche aus Europa stammenden Juden, die sich über das einfache Volk aus dem Orient erhaben fühlten?
Nein!

Niemals fühlte sie sich als eine „hochkultivierte" Westeuropäerin im „primitiven" Orient.
Sie war immer nur von einem einzigen Wunsch besessen, wohl ahnend, diesen nie erfüllen zu können. Souverän und selbstsicher jeden Morgen dem Leben zu begegnen. Das wünschte sie sich seit dem allerersten Tag, an dem sie begann zu denken. Doch keinen einzigen Tag gelang es ihr. Keinen einzigen Tag!
„Glückte es je irgendjemandem auf dieser Erde?"
Ja.
„Wem bitte?"
Anat und Adnan.
„Unsinn!"
Sie kämmt mit zehn langen Fingern ihr welliges Haar geschwind nach hinten und läuft entschlossen der Mahze-Straße entgegen.
Versuch es nur!
Frau Gur befindet sich vorläufig auf der Flucht aus der aktuellen Sackgasse.
Wie hatte es Adnan mitfühlend und nicht ohne eine Prise Sarkasmus in seiner Stimme formuliert? „Ihr Juden seid immer auf der Flucht, hier und woanders!"

Der Nachmittag webte einen Schattenteppich, der sich auf dem vergilbten grünen Rasen und in allen Winkeln der Stadt ausbreitete. Das geschieht jeden Tag. Immer wieder.
„Nicht immer. Nur solange du lebst."

Beinahe hätte sie die Straße erreicht.
Wieder versuchte sie, das Haus zu verlassen, um kurz vor der Grenze, die den Übergang zur freien Welt markierte, ihr Vorhaben panikartig aufzugeben.
„War doch klar."

Sie kann ihre Einkäufe nicht einfach im Treppenhaus liegen lassen. Zusammen mit ihrer Vergangenheit und den Erinnerungen an ihre lieben Eltern.
Das wird sie niemals tun.
Nein, sie wird der Vergangenheit nicht mehr den Rücken kehren können.
„Und der Zukunft?"
Wie majestätisch, erhebend und unerreichbar fern hallten diese drei Worte im verwaisten Eingang des Hauses in der Mazehstraße.

Kapitel 19

Haben sie ihre Eltern tatsächlich über alles geliebt? Warum spürte sie die Wärme ihrer Liebe so selten in ihrem Herzen?
Das real existierende Kind hinter dem Namen Rachel spielte anscheinend in dieser Liebe keine tragende Rolle. Eine einzige Tochter rechtfertigte mit ihrem Dasein ein unbegreifliches Glück, das vielen anderen KZ-Häftlingen nicht zuteilwurde. Das Glück, ein neues Leben in einer neuen Heimat zu beginnen.
Doktor Stadelmeier fragte sie während ihrer fünften Sitzung, scheinbar in sein ewiges Notizbuch vertieft „Wären sie ein glücklicherer Mensch gewesen, wenn ihre Eltern aus Marokko stammten?"
„Nein", antwortete sie ohne zu zögern. In diesem absoluten Nein verbarg sich der Kern ihrer Tragödie. Vergeblich wartete sie vier Jahre lang auf eine erlösende Antwort oder einen rettenden Kommentar des Therapeuten zu ihrem symbiotischen Verhalten, zum Trauma ihrer Eltern.
Aus aktuellem Blickwinkel legte sie keinen Wert mehr auf die Meinung von Herrn Stadelmeier. Therapeuten sind keine Übermenschen. Ihre Eltern stammten eben aus Deutschland und deren tragische Vergangenheit konnte sie nicht ein Leben lang als Alibi für das Scheitern ihres Lebens missbrauchen.

Es ist vollbracht. Jetzt und hier im Treppenhaus war alles gedacht und resümiert bis zu den verschollensten Winkeln ihrer Grübelwälder.
„Fein, und was tun wir jetzt?"
Das so genannte „Jetzt" gibt es nicht.
Gleich wird sie einfach nach Hause gehen, sich auf ihr Bett legen und in einen tiefen Schlaf bis Sonntag versinken.

Rachel steht auf und läuft dem Hauseingang entgegen. Hin und zurück.
Die Hitze im Hof lässt etwas nach. Es ist eine beinahe angenehme Meeresbrise, die unsichtbar über den Rasen fegt. Im Treppenhaus duftet es erneut nach Tierkadavern und Pfirsichen.
Eigentlich war sie jetzt endlich frei.
Sie war frei zu gehen, wohin sie wollte. Die Schuld an dem traurigen Verlauf ihres Lebens lag doch nur auf ihren Schultern. Es bedeutete, dass sie niemanden mehr als Sündenbock missbrauchen musste.
Nun bückt sie sich ihren Einkäufen entgegen und nimmt die Kakaoflasche aus der Tüte, die ihrem Gedächtnis nach den Namen „Sakit Shalosch" trägt.
„Nein, es ist Sakit Arba."
Der Kakao ist lauwarm, aber sie trinkt den Flascheninhalt bis zum letzten Tropfen leer.
Ihre Mundwinkel fühlen sich feucht und klebrig an. Rasch holt sie aus ihrer Tasche den kleinen Schminkspiegel. Braune Kakaoränder zieren ihre Lippen und die Augen, die sie im Spiegel betrachten, sind die Augen eines Kindes. Eines alt und müde gewordenen kleinen Mädchens.
Sie nimmt ein Taschentuch, bespuckt es zweimal und wischt sich langsam und gründlich über ihre Mundwinkel. Lieblos gründlich. Dann legt sie die leere Plastikflasche zurück in die Tüte und hebt sie hoch. Ohne die 0,7 Liter Kakao fühlt sich die Plastiktüte jetzt wesentlich leichter an.

Es ist noch immer halb fünf.
Ihre Zeit neigt sich geschwind dem Ende entgegen, während die Zeit diesseits des Treppenhauses endlos langsam vor sich hin tröpfelt. Mal vorwärts und manchmal sogar rückwärts.
Der Schmerz in ihrem linken Arm galoppiert erneut ihre Adern entlang zu seinem Bestimmungsort tief in ihrem

Herzen, um wieder und wieder in kleinen, aber gemeinen Schmerzexplosionen zu verpuffen.
Von hier kommst du nicht mehr lebendig weg, Ruchale!
Hat sie diese Hiobsbotschaft laut angekündigt?
Hat sie es getan?
„Bravo, Ruchale, diesmal hast du tatsächlich lautlos gedacht."

Fünfunddreißig Minuten nach vier.
Die Stadt wird allmählich leiser und der Schmerz lässt wieder nach.
„Aber jetzt nichts wie hoch hinauf, nach Hause. Bitte!"
Nein, es ist noch nicht soweit. Es ist ihr klar geworden, dass sie das Treppenhaus nicht verlassen kann, bevor der große Zeiger ihrer Uhr die Ziffer 12 erreichen wird. Alle ihre bisherigen Versuche, dem Treppenhaus zu entfliehen, glichen somit schlecht inszenierten Fluchtversuchen.
„Nur noch fünfundzwanzig Minuten!"
Sie setzt sich stöhnend auf die bequeme zweite Stufe. Der Kakao blubbert in ihrem Magen. Ihre Blase füllt sich allmählich randvoll.
„Bald geschieht es."
Was sollte bald geschehen?
Bitte antworte!
Ein einziges Mal wünschte sie sich, die andere Rachel möge ihr eine einzige Frage beantworten. Doch die laut denkende Rachel schwieg.
Was soll noch geschehen, bald, später, oder möglicherweise niemals?
Die andere Rachel schweigt noch immer. Manche Existenzen brauchen nie einen Rat von ihrem zweiten Ich.
Aber ich bin Du!
Hat die laut denkende Rachel sich erneut zu Wort gemeldet?
„Wer?"

Warst du es oder ich?
Sie verliert allmählich den Durchblick. Wer dachte lautlos vor sich hin, und wer äußerte seine Gedanken lauthals?
„Ich tat es nicht."
Erwischt! Es war die laute Rachel.
„Du meinst Rachel Hameschugaat - Die Verrückte Rachel?"
„Ich habe dich nie meschugge oder „hameschugaat" genannt!"
Wer war es dann?
Jetzt sprachen womöglich die beiden Rachels laut und deutlich ihre Gedanken gleichzeitig aus.
„Es ist der Untergang!"
Keineswegs, es handelt sich doch letztendlich um einen notwendigen Dialog.
Sie steht auf und widmet ihrem Handgelenk einen schnellen Blick.
„Ist es noch immer fünfunddreißig Minuten nach vier?"
Nein, es ist fünfundzwanzig Minuten vor fünf.
„Also doch fünfunddreißig Minuten nach vier."
Wenn du meinst!

Jetzt wäre es so schön, wenn sie ohne die Treppen zu berühren, einfach nach Hause fliegen könnte.
Diesen Wunsch hegte sie schweigend.
Eigentlich ging es ihr gut. Eines Tages würde sie sich gerne an diesen Nachmittag im Treppenhaus erinnern. Denn danach käme das Glück sie oft besuchen, weil Rachel ihm nach all dem Leiden endlich würdig geworden war.
„Für das große Glück, nach zweitausend Jahren Verfolgung und Vernichtung eine eigene Heimat zu haben, müssen wir uns Tag für Tag von neuem dankbar zeigen."
Noch eine Perle aus einem von Vaters Redemanuskripten.
Immer wieder dankbar sein.

In jedem Atemzug dankbar sein, weil wir Juden und nicht Gojim sind. Juden im gelobten Zion.
Es handelte sich doch um die viel gepriesene neue Heimat für ein verfolgtes Volk. Ein so grandioses Geschenk, dass es Tag für Tag mit Kriegen und Tausenden von Opfern bezahlt wurde.

„Wie lang bleiben wir noch hier?"
Fünfundzwanzig Minuten und kein Sekunde mehr.

Vater ist längst tot, sonst hätte sie nie gewagt solchen zynischen Gedanken über ihre Heimat freien Lauf zu lassen.
Niemals!
„Aber Vater ist nicht wirklich tot."
Nein, Vater ist nicht tot.
„Mutter auch nicht."
Nein, das stimmt nicht!
Mutter ist tot, für immer.
„Wieso lebt Vati und Mutter nicht?"
Liebte sie ihren Vater mehr als ihre Mutter?
„Das habe ich nicht gesagt."
Du hast es aber lautlos vor dich hin gedacht, gib es ruhig zu.
Die beiden Rachels schweigen eine Weile. Einen Moment so still wie selten. Wie am „yom Hazikaron" - dem Tag zur Erinnerung an die Opfer des zweiten Weltkriegs. Einmal im Jahr heulen die Sirenen sechzig Sekunden lang. Tausende von Fahrzeugen bleiben reglos auf Tausenden von Asphaltstreifen liegen. Sieben Millionen Menschen verstummen und bleiben stehen. Nur die allmächtige Vergangenheit bleibt unberührt.
Kalt und unberührt.
„Und die Gegenwart?"

Die liegt der jüdischen Vergangenheit verschämt und ewig schuldig zu Füßen!
Nur sechzig Sekunden im Jahr?
„Vielleicht schon seit zweitausend Jahren."
Einigen wir uns auf sechzig Jahre.

Kapitel 20

Nur ein halbes Jahr nach seinem offiziellen Abschied von der Zentrale der Arbeiterpartei begriff ihr Vater zum ersten Mal die Tragweite des Begriffs „Ehrenmitglied". Zuhause verbrachte er immer weniger Zeit am Schreibtisch. Seine Entwürfe zu bevorstehenden Events, wie Veranstaltungen jetzt genannt werden, nahm sein Nachfolger dankbar entgegen, aber keine von seinen Ideen wurden je umgesetzt. An einem milden Wintertag entschied er, seinen Jugendtraum endlich zu verwirklichen. Als er Freitagabend feierlich ankündigte, dass er am kommenden Montag nun sein neues Peugeot-Rennrad mit 21 Gängen bekommen würde, verschlug es Mutter die Sprache. Tante Selda schmunzelte genüsslich und sie, Rachel, seine einzige Tochter, spürte den dringenden Wunsch ihren Vater zu umarmen. Mit ihm Hand in Hand entlang der Rothschildallee langsam und lautlos Richtung Norden davon zu schweben, auf den Spuren seiner verborgenen Kindheitsträume.

Montag auf dem Weg zu ihrer Wohnung hielt sie ihr Auto für einen kurzen Moment vor dem Wohnhaus in der Shderot-Rothschild an und ging zum Treppenhaus. Dort stand tatsächlich ein nagelneues rotes Rennrad, das mit ganz dünnen und höchst elegant aussehenden Rädern bestückt war. In den wenigen Minuten, in denen sie das Auto verlassen hatte, bekam sie ärgerlicherweise einen Strafzettel.

Am nachfolgenden Freitagabend, genau um sechs Uhr abends, spannte sie zum ersten Mal ihren blauen Regenschirm auf und ging wie eh und je zu Fuß von der Mahzestraße zu der Wohnung ihrer Eltern. Das Fahrrad war aus dem Treppenhaus verschwunden. Genosse Gurs letzter Jugendtraum, aus einer Vergangenheit, die nie in Anwesenheit seiner Tochter erwähnt werden durfte, zerplatzte

lautlos, ohne irgendwelche sichtbaren Spuren hinterlassen zu haben.
Mutter servierte zum Sabbatmahl wie gewohnt eine gewürzfreie Hühnersuppe als ersten Gang und dann folgten wie erwartet gedünstete grüne Erbsen, Kartoffelpüree und Fleischbuletten. Vater aß schweigend in sich versunken. Anschließend schauten sie gemeinsam die Nachrichten im Fernsehen. Seine Kommentare zu den Meldungen fielen an diesem Abend humorvoller und kompetenter denn je aus. Voller Stolz lauschte sie seinen Worten und Mutter hätte Vatis Hand beinahe berührt. Es war die Hand des Mannes, dem sie vor Jahrzehnten ihr Jawort gegeben hatte. Auch wenn es der Außenwelt und manchmal sogar ihrer eigenen Tochter verborgen blieb, war diese Liebe unsterblich.

Sie tupft ihre tränenden Augen mit einem reinen Taschentuch ab. Ihre Wimperntusche hinterlässt inmitten des jungfräulichen weißen Tuchs einen dünnen schwarzen Fleck. Heute, bevor sie ihre Wohnung verließ, hatte sie sich ungewöhnlich sorgfältig geschminkt.
Wollte sie dem allmächtigen Untergang würdevoll begegnen? Geschah dies in einem Lebensabschnitt, der sich nie fortsetzen wird?
Es gibt keine Ereignisse, die sich wiederholen. Mit den Jahren wird allmählich klar, dass das Leben nur aus einem einzigen Kapitel in der Länge einer vergilbten DIN-A4 Seiten besteht.

Es ist zwanzig Minuten nach vier Uhr.
„Dreht sich der Uhrzeiger zurück, oder befinden wir uns wieder tief in der Vergangenheit?"
Mir ist es völlig egal.
Wo ist das Challa-Brot?
„Ruchale, das meinst du doch nicht ernst?"
Doch, ich habe Hunger.

Die Suche nach dem Brot entpuppt sich zu ihrer Enttäuschung als leichte Aufgabe.

Sie bricht den schönen Brotlaib entzwei und atmet seinen frischen Duft tief in sich ein. Vor zehn Jahren hätte sie nie gewagt, an einem Freitag ein Sabbats-Brot selbst zu kaufen. Das hätte ihre Mutter zutiefst verletzt. Immer bevor sie sich von ihren Eltern nach den Zwanzig-Uhr Freitagsnachrichten verabschiedete, verschwand Mutter geschwind in der Küche und kehrte mit der prallvollen weißen Stofftüte zurück, die mit einem siebenarmigen Menoraleuchter in unpassendem Magentarot verziert war.

„Ich habe irrtümlicherweise ein Challa-Brot zu viel gekauft, Kindchen, das habe ich in die Tüte mit ein oder zwei Kilo Gemüse gepackt, nimm es bitte mit". Als sie sich im Treppenhaus verabschiedeten, rief ihre Mutter häufig „Vergiss nicht, die Tüte beim nächsten Mal wieder mitzubringen!" Dieses mustergültige jüdische Mutter-Tochter-Ritual wagte sie kein einziges Mal zu unterbrechen.

„Erinnerst du dich noch an den Sabbatabend vor dem Spanienurlaub?"

Wie konnte sie es je vergessen.

An jenem Freitag kurz vor Mitternacht startete vom Flughafen Ben Gurion ihr Flug nach Madrid. Nach den Abendnachrichten verabschiedete sie sich von ihren Eltern. Als sie sich schon im honiggelb gestrichenen Treppenhaus befand, öffnete ihre Mutter die Wohnungstür und rief ungewöhnlich laut in Hochdeutsch „Aber Kindchen, du hast dein Brot vergessen!" Sie rannte ihrer Mutter entgegen, nahm die weiße Stofftüte, küsste die zerknitterte Wange der alten Frau und floh weinend aus dem Haus.

Ihre einwöchige Bildungsreise nach Spanien geriet zu einer surrealen Abrechnungsodyssee mit ihrem Leben.

„Wie heute?"

Auf keinen Fall!

„Aber Mutter wusste, dass du am gleichen Abend nach Spanien fliegst, oder?"
Selbstverständlich erzählte sie Ihrer Mutter mehrere Male von der bevorstehenden Reise.
Aber warum überreichte ihr Mutter trotzdem die Stofftüte mit dem Proviant?
„Den tiefsten Abgrund der Unmenschlichkeit kann eine fühlende und denkende Seele nur physisch überleben."
Den letzten Satz hat sie nicht laut gesprochen. Es war nur ein Zitat. Wenn sie nur wüsste von wem.
Die Frau, die ihr zwei Jahre vor ihrem endgültigen Ableben ein Sabbat-Brot schenkte, war nicht ihre Mutter. Sie war auch nicht die Frau ihres Vaters. Es war eine verlorene Seele, die mal tot und zugleich lebendig war. Die Seele eines Menschen, der den braunen Abgrund im Konzentrationslager nur physisch überlebt hatte. Die Tatsache, dass ihre vierzig Jahre alte Tochter in drei Stunden nach Spanien flog, spielte in ihrem Abschiedsritual keine Rolle. Der Brotlaib, den Mutter ihr jeden Freitagabend schenkte, glich einer rettenden Handlung. Ein halbes Kilo Weißbrot bedeutete weitere vierundzwanzig Stunden am tiefsten Punkt des seelischen Abgrunds zu überleben. So ist der Abgrund ihrer Mutter allmählich zu ihrem eigenen geworden!

Der Challa, den sie vor fünf Stunden gekauft hat, fühlt sich in ihrem Mund wie eine beliebige und geschmacksneutrale Masse an, die sich zu unzähligen Formationen zerlegt und umtriebig immer wieder von einem Mundwinkel zum anderen wandert.

In Spanien auf den Spuren der Vergangenheit des jüdischen Lebens reisend, lernte sie in einer Woche über die Kultur der Sepharden mehr als in den acht Jahren ihrer Grundschule. Gleich an dem ersten Freitag nach ihrer

Rückkehr aus Spanien konfrontierte sie am Sabbat-Tisch ihre Eltern mit diesem Thema.
„Die Armen. War das nötig?"
Die laut denkende Rachel ist eine bedingungslose Sympathisantin des jüdisch-europäischen Judentums.
Hatte sie die letzte Frage laut geäußert?
„Nein, aber die vorherigen."
Sie verstaut das abgeknabberte Brot in der Tüte Schtaim und steht auf.
Es gab bei ihren Eltern zu Ehren des Sabbat-Mahls wieder eine gewürzfreie Hühnersuppe, gedünstete grüne Erbsen, Püree und Rindfleischbuletten. Mutter fragte sie, welche Stadt in Spanien bei ihr den tiefsten Eindruck hinterlassen habe? „Cordoba", antwortete sie lakonisch, aber ihre Mutter ließ nicht nach.
„Wieso ausgerechnet Cordoba?"
„Wegen der Bronzestatur von Moses Maimonides", antwortete sie und wünschte, das Gespräch möge sich ins Nichts auflösen. Ihr Vater, der bis zu diesem Moment kein Interesse an dem Dialog gezeigt hatte, fragte plötzlich: „Wer ist Maimonides?"
Der Arzt und Philosoph Maimonides gilt als bedeutendster jüdischer Gelehrter des Mittelalters. Mit seinem Werk „Führer der Unschlüssigen" war er seiner Zeit weit voraus. Ein sephardischer Jude, der auch im katholischen Spanien der Gegenwart verehrt wird. Stolz sitzt der jüdische Gelehrte für alle Ewigkeit auf seinem Bronze-Thron im alten jüdischen Stadtkern von Cordoba. Viele Spanier reiben ihre Hände an den Füßen der Statue in der Hoffnung, etwas von seiner Weisheit könne dadurch zu ihrer eigenen werden.
Ihre Mutter und ihr Vater, gebildete westeuropäische Juden, kannten nicht einmal Maimonides Namen.

„Wäre Moses Maimonides ein aschkenasischer Jude gewesen, hättet ihr ihn bestimmt gekannt!", rief sie wütend. Ja, kindisch wütend und zu Recht.
Auf welcher Schulter lag die Verantwortung für die bodenlose Ignoranz des Erziehungsministeriums gegenüber der Vergangenheit der sephardischen Juden? Die Sephardim stellten schließlich keine Minderheit dar, denn immerhin beinahe zwei Drittel der Juden waren Nachfahren der vor fünfhundert Jahren aus Spanien vertriebenen Juden. Vater gefiel ihr Ton überhaupt nicht und Mutter eilte zur Küche, weil dort noch „Berge" von schmutzigem Geschirr auf sie warteten.
Wolfgang nannte solche Situationen „Konfliktbewältigung auf Deutsch"!
Sie bekam von ihren Eltern wie erwartet keine Antwort oder ein Zeichen der Reue wegen der Benachteiligung der Sephardim gegenüber den europäischen Juden.
Beim gemeinsamen Betrachten der Abendnachrichten gehörte ihre Auseinandersetzung schon einer anderen Vergangenheit an, weil Familie Gur mehrere Vergangenheiten hatte. Die Erinnerungen wurden selektiv wachgehalten.
Sie sollten die Fassade eines Traums aufrechterhalten. Des zweitausendjährigen Traums von Zion, der infolge eines Vertreibungs- und Vernichtungstraumas mächtiger als jede Realität geworden war.

Es ist noch immer zwanzig vor fünf.
Die Zeit, ihre Zeit, steht still. Leer geplündert von jeglichem begreifbarem lebendigem Inhalt.
„Irrsinniges Geschwätz!"
Permanent verwechselt sie die Zukunft mit der Vergangenheit. Der chronologische Durchblick schien ihr heute endgültig verloren zu sein.
Ob sie jetzt über Ereignisse, die in der Vergangenheit geschehen waren, sinnierte?

Wird es dann heißen, dass ihre Bruchlandung im Treppenhaus längst der Vergangenheit angehört?
„Völlig ausgeschlossen!"
Schade!

Der gelbgrüne Rasen im Hof färbt sich grau.
Sie beabsichtigt das Haus in der Mahzestraße zu verlassen. Nur einen einzigen Schritt von der unsichtbaren Linie zur Außenwelt bleibt sie stehen und betrachtet ihre Stadt. Eine unsichtbare Hand färbt auch die Häuser und die Himmelskuppel nach und nach in einen grauen Farbton. In wenigen Stunden wird sich das Grau zu einem verwaschenen Türkis verwandeln.
Wo wird sie dann sein?
„Nicht mehr hier."
Nein, Rachel Gur war nie hier. In diesem Land waren die einzig real existierenden Wesen die Tiere und die Bäume.
„Die tote Ratte hinter der Propangasflasche, die Kriege und deren zahlreiche Opfer, gab es sie je?"
Die ewigen rückwärtsgerichteten Ängste vor einer erneuten Verfolgung und Vernichtung bildeten die Grundlagen der Realität des neuen Staates.

Es ist nach wie vor erst zwanzig vor fünf. Auf dem Boden liegen verschämt mehrere Sabbats-Brotkrümel und die Scherben des Kaffeeglases.
„Lass' sie dort liegen."
Auf keinen Fall.
„Du bist und bleibst eine prüde Jekin."
Dann bist du es auch.
„Bitte, lass' es auf dem Boden ruhen."
Nein!
„Bitte, bitte."
Sie bückt sich und sammelt die Krümel und Scherben in ihrer Hand. Der Mülleimer steht draußen. Zwei Meter tief

in der anderen Welt. Wenn sie jetzt den Mut fassen würde geschwind das Treppenhaus zu verlassen, könnte sie vielleicht ihren gewohnten Tagesablauf fortsetzen. Die letzten Stunden hatten sie sowieso immer die gleiche Strecke tief nach innen und von dort wieder ins große Nichts geführt. Aber!
„Aber was?"

Rachel nimmt den kleinen Spiegel aus ihrer Tasche, betrachtet kritisch ihre Frisur und läuft schnurgerade zum Mülleimer.
Die Außenwelt fühlt sich lebendig an. Bedrohlich lebendig und herzlos real. Sie wirft die Krümel und die Glasscherben in die Mülltonne und kehrt im schnellen Schritt zurück in ihr Versteck. Es tut ihr gut dort zu verweilen, weil die Zeit hier stillsteht und es ihr hilft, die Gedanken einzuordnen.
„Aber bis wann, Rachel?"
Die laut denkende Rachel wird immer autonomer. Sie fragt, sie zweifelt und ständig verunsichert sie. Treibt ihre Grübelherde immer wieder in die offene Steppe, jenseits ihrer Schutzmauer.
Nur noch zwanzig Minuten muss sie diesen Zustand ertragen. Dann wird sie nach Hause gehen, um in ihrem überirdischen Bunker zu verschwinden, damit sie ihrem Ansehen im Haus nicht einen zu großen Schaden zufügt. Viele der Bewohner dieser Stadt widmen tagtäglich ihren ganzen Eifer dem Erhalt einer makellosen bürgerlichen Zugehörigkeit innerhalb der konformistischen Mehrheit.
„Wie lang tun sie es?"
Bis zum endgültigen Stillstand.

Kapitel 21

Fünfzehn Minuten vor fünf.
Die Zeiger ihrer Uhr haben sich endlich vorwärtsbewegt. Womöglich haben sie ohne Mahnung eine volle Stunde, ein ganzes Jahr und vielleicht ein ganzes Leben übersprungen. Diese traurige Tatsache wäre ihr verborgen geblieben, wenn sie nicht gewagt hätte, endlich dem Treppenhaus für dreißig Sekunden den Rücken zu kehren.
„Der Gang zum Mülleimer und zurück dauerte höchstens zwanzig Sekunden."

Wäre ihr Leben anders verlaufen, wenn sie ihre Heimat nie verlassen hätte?
„Die Antwort kennen nur zwei Personen."

In fünfzehn Minuten wird sie sich endlich für immer vom Treppenhaus verabschieden und sich bemühen, ihre Wohnung schleunigst zu verkaufen.
„Ach was! Wohin ziehen wir?"
Wir?
Wie albern. Für sie gibt es seit Jahren keinen Wir-Zustand. Die laut denkende Rachel wird allmählich überflüssig. Das laute Denken als Ventil, das sie vor dem endgültigen Kollaps schützt, braucht sie nicht mehr.
„Warum?"
Rachel B verliert allmählich den Überblick. Bald wird sie auch ihre Stimme verlieren.
Nein, sie brauchte keinen Fluchtort, keine Therapie und keine Gedanken mehr auf die himmelsumspannende und dennoch unsichtbare Tragödie ihrer Eltern zu vergeuden.
Die Supernova, der lang befürchtete Kollaps, ist eingetreten! Ihr innerer Stern fliegt brennend durch ein leeres Universum.

Sie hat heute endlich ihrem freien Fall feierlich die Herrschaft über ihr Leben geschenkt. Ein grünes Licht für eine seelische Endmontage.
Wie wird die laut denkende Rachel jetzt reagieren?
Rachel B schweigt.

In einer der Wohnungen schaut jemand eine Reality-Show im Fernsehen. Eine Frauenstimme erhebt sich klagend, und das unsichtbare Fernsehgerät verstummt. Was für eine Wohltat!
Der urbane Geräuschpegel wird immer dezenter, aber Tel Aviv bleibt haltlos gegenwärtig und flüchtig zugleich. Eine Stadt, die ihre Einwohner nicht zwingt, sie zu lieben oder zu verstehen. Eine Metropole, die ihre Geheimnisse, falls sie noch welche hat, nie preisgeben wird.
„Abgelehnte Wahrheit ist die heimliche Keimzelle von jedem Geheimnis."
Nein, auch diesen Spruch hat sie nicht laut gesprochen. Dieses Zitat stammte aus einem Manuskript ihres Vaters, und es war keine gewöhnliche Rede vor verschwitzten Straßenbauern. Diese Worte stammten aus seinem allerletzten öffentlichen Vortrag.
Das war Vatis Manuskript für seine Abschiedsrede in der Parteizentrale.
Tränen überdecken ihre Augen. Sie steht auf und läuft der Stadt drei zögernde Schritte entgegen.
Glich die letzte Rede des Mannes, der seine Vergangenheit stets verdrängte und vor ihr geheim hielt, einer verschlüsselten und dennoch klaren persönlichen Kapitulationserklärung?
Spätestens jetzt musste sich die laut denkende Tochter des Funktionärs zu Wort melden.
Tu es endlich!
Befreie dich endlich von einer fünf Jahrzehnte andauernden Stille.

Lebt noch jemand in dieser unbarmherzigen Stadt?
Kein einziger Mensch.
Hat sie schon wieder einen Gedanken laut gesprochen?
Nein!
Es ist vorbei. Sie wird nie wieder laut denken.
Für einen Moment ist es in ihrem Versteck unerträglich still und eng geworden. Sie drosselt ihre Atemzüge, aber dennoch kann jedes Lebewesen im Haus hören, dass sie noch lebt. Dass sie sich noch immer im Treppenhaus verschanzt.
Eine von ihren Tüten knistert selbsttätig. Lebendig und erschreckend laut.
Versteckt sich ein Lebewesen in einer der Einkaufstaschen?
Hier weilt seit mehr als vier Stunden kein Mensch außer ihr, und im Hof liegt eine tote Ratte.

Es geschah genau zum Quartalsanfang. Mutter lag angeblich krank im Bett. Alle Funktionäre der Arbeiterpartei waren anwesend. Ihr Vater tat ihr unendlich leid. Sie dachte damals, er sei das Opfer, das gegen seinen Willen in ein belangloses Dasein als Frührentner abgeschoben werden sollte. Die Täter waren seine Kameraden und seine Frau. Eine Frau, die ihre Schönheit noch in jungen Jahren mutwillig verwelken ließ und deren Herz für niemanden zugänglich war.
„Abgelehnte Wahrheit ist die heimliche Keimzelle von jedem Geheimnis."
Nein, die laut denkende und argumentierende Rachel schweigt noch immer.
Vaters Zitat dreht noch immer seine Runden in ihrem Kopf.
Warum?

Sie verbarrikadiert sich seit über vier Stunden in einem fremdartigen Niemandsland. Hinter den Propangasflaschen lauert scheintot die sogenannte abgelehnte Wahrheit und schießt ihre giftigen Duftnoten in alle Himmelsrichtungen. In den unzähligen Konsum- und Vergnügungsmeilen der Stadt lauern Geheimnisse, die keine sind. Die verschmähten Söhne einer verdrängten Realität. Der Staat der Juden ist sechzig Jahre nach seiner Gründung noch immer ein Fabelwesen, das zu einem Drittel aus einer kriegerischen Realität und zum zweiten Drittel aus einem utopischen Bestreben nach dem vollkommenen Dasein besteht. Das verbliebene Drittel verkörpern die extrem religiösen Kräfte im Land, die sich allmählich von dem säkularen Staat abspalten auf dem Weg zu einem eigenen Gottesstaat.

Chaver Gur Kammrad-Gur diente lediglich als Motivationstrainer für Straßen- und Gebäudebauer. Es waren zum Teil jene verarmten Pensionäre, die in der Stadt Shderot noch heute unter dem täglichen Beschuss von Kassam-Raketen aus dem Gazastreifen leben und leiden.
Trägt irgendjemand die Schuld dafür?
Sie war sich felsenfest sicher, die letzte Frage nach einer langen Pause mal wieder laut gesprochen zu haben!
Nein, niemand trägt die Schuld. Die Schuldfrage hat ihre Unschuld längst verloren. Alle Bewohner des Staates der Juden waren Sünder und Gerechte. Raffgierige Geschäftsleute, Wohltäter und esoterische Träumer.

Es ist zehn vor fünf Uhr.
Freitagnachmittag.
In zehn Minuten wird Rachel ihre Mission beenden. Um weitere zehn Jahre zu überleben, wird sie die Wahrheit nach einer fünfstündigen Pause wieder verdrängen. Das tat sie seit fünfzig Jahren.
„Bis kurz vor zwölf."

Sie ist noch immer da.
Die laut denkende Rachel ist nicht mundtot zu kriegen, und eine abgelehnte Wahrheit kann sich in der Hand eines geübten Parteifunktionärs zu einem Geheimnis verwandeln. Zu einem so unbegreiflichen Geheimnis, dass es einen Menschen lebenslang als Geisel nimmt, bis es ihm eines Tages auch den Atem, seinen Lebenswillen und am Ende auch den Himmel über seiner Seele raubt und vernichtet.

Ihre Gedanken, so tief und bewegend sie waren, würden die Welt draußen nie erreichen können. Die Gegenwart hielt sich fern von ihr und ließ sie stets außerhalb ihrer Reichweite einsam im Hinterhof der Vergangenheit stehen.

Es ist noch immer und vielleicht für immer zehn vor fünf.
Die längsten fünf Stunden ihres Lebens neigen sich ihrem Ende entgegen. Ein unspektakuläres Ereignis wie die Tatsache, dass sie seit sechs Jahren keinen Freund mehr gehabt hat.
„Fünf Jahre und sieben Monate."
Ihre letzte Beziehung war kaum von magischen Momenten oder Geheimnissen gekennzeichnet, die sich in späteren Epochen zu aufregenden Erinnerungen verwandeln konnten.
Ob es nur ein Zufall gewesen ist?
Benny Schechter war auch ein Arzt.
„Er ist es noch immer."
Fünfundfünfzig Jahre alt, 1,85m groß. Für israelische Verhältnisse ein stattlicher Mann, der ähnlich wie Wolfgang einen sehr ökonomischen Umgang mit dem gesprochenen Wort pflegte. Seine Eltern stammten aus Rumänien. Der Leidenschaft zum Kino wegen klammerten sich die beiden zwei volle Jahre aneinander, ohne je einen Anspruch auf

eine gemeinsame Zukunft zu haben. In der Cinemathek fieberten sie jeden Freitagabend gemeinsam neuen Zelluloid-Träumen entgegen. Im Namen einer Kindheit, die stets von dem bitteren Schatten des großen Krieges überschattet war. Nach jedem Kinobesuch gingen sie in das gleiche Café in der Iben-Gevirol-Straße, um genau eine lebhafte Stunde über den jeweiligen Film zu debattieren. Er trank einen halben Liter schwarzes Guinness Bier. Sie zwei Becher Milchkaffee. Benny warnte sie jedes Mal höchst routiniert vor den Schäden, den der spätnächtliche Kaffeekonsum ihrer Gesundheit zufügen könne. Anschließend bestand er immer darauf, ihre Rechnung zu begleichen. Nach jedem zweiten Kinobesuch liebten sie sich. Mal in ihrer Wohnung und mal in seiner Dreizimmerwohnung in Ramat Aviv. Er berührte sie so behutsam, wie es nur ein erfahrener Chirurg tun konnte. Ihr Liebesleben glich einer wortkargen Teamarbeit in der bedächtigen Stille eines Operationssaales. Der Sex mit Benny tat ihr nicht weh und machte sie auch nie sonderlich glücklich. Er war zweifach geschieden und wie sie das einzige Kind eines Holocaust-Überlebenden. Ein Mann, der zu müde war für eine neue gemeinsame Zukunft mit einer Frau. Er zahlte pünktlich seine Alimente, besuchte seine Mutter zwei Mal im Monat im Altersheim in Ramat Gan und wanderte immer in den gleichen Fluchtrouten zwischen der Realität von sterilen Operationssälen und einem verdunkelten Kinosaal.

Sie steht auf und läuft zu ihrem Briefkasten. Er ist prallvoll gefüllt mit Reklameblättern. Bunten und schrillen Papierschnipseln. Die Bewohner dieser Stadt bieten ihre Dienste täglich an, preisen alles nicht Niet- und Nagelfeste zum Verkauf und fiebern der allerneuesten Konsumwelle entgegen.
Ob sie zur Abwechslung mal den Postkasten mit ihrem Namen öffnen sollte?

Gerne hätte sie gewusst, ob Benny heute Nacht die Zehn-Uhr-Vorstellung in der Cinemathek besuchen wird?
„Und wenn?"
Die andere Hälfte hat völlig Recht.
Hin und wieder traf sie Benny rein zufällig freitagabends in der Cinemathek. Es war nicht schwer zu erkennen, dass auch er nach ihrer Trennung ledig blieb. Wenn Männer und Frauen zu lang allein bleiben, wirkt ihr Lächeln zunehmend freundlicher, aber zugleich geschlechtsneutraler. Sie traf Benny überwiegend vor der Kasse und stets fragte sie ihn fröhlich, in beinah singendem Ton, nach seinem Wohlbefinden. Er umarmte sie dann für eine kurze Weile und flüsterte in der Regel: „Frag bloß nicht, Ruchale, aber wie geht's dir? Du siehst heute blendend aus."
„Na ja, man lebt", begegnete sie immer seinem Ausweichmanöver, bevor sie sich wieder gekonnt freundlich aus den Augen verloren, um Asyl zu finden in einer zweistündigen Traumwelt. Eine Welt, die sie mal für eine zweijährige Wanderung durch eine unwirkliche Landschaft vereint hatte. Eine schwarzweiße Episode, die mit unbezwingbaren Granitgipfeln aus purer unbegreiflicher Vergangenheit und Zukunftsängsten übersät war. Hin und wieder leuchteten im Himmel ihrer Zweisamkeit winzige und kostbare Glücksfetzen, die lange vor Sonnenaufgang erloschen waren.
Ja, hin und wieder waren sie es tatsächlich.

Kapitel 22

Acht Minuten vor fünf.
Der Geruch des unsichtbaren Kadavers nistet sich überfallartig in ihre Atemwege.
„Du musst dich jetzt hinsetzen. Bitte!"
Ich tue es nur, wenn du es auch tust.
„Dann setzen wir uns gleichzeitig."
Ihre Adern leiten winzige Schmerzwellen durch ihren Körper hin und her. Dann treffen sich die Wellen für eine gemeinsame Explosion in ihrem linken Brustkorb.
„Bumm!"
Auf der bequemen zweiten Stufe sitzend verlor sie ihr Bewusstsein für zwei volle Minuten.
„Ein Arzt muss her!"
Doktor Benny oder Doktor Wolfgang?
Ein israelischer oder ein deutscher Arzt?
„Wolfgang ist tot."
Benny lebt noch.
„Benny lebt nicht richtig."
Wieso nicht?
„Er quält sich durchs Leben."
Wolfgang war der Sohn der Täter. Benny ist der Sohn der Opfer.
„Und der unwiderstehliche Adnan?"
Adnan ist der aktuelle Feind aus Ober-Galiläa.

Sechs Minuten vor fünf.
Sie hätte Deutschland nie verlassen dürfen. Beinahe zwanzig Jahre brauchte sie, um diese Erkenntnis zu erlangen.
Nach Vaters Tod gewann der Begriff „Deutschland" eine andere Bedeutung, ohne die vorige Definition völlig zu verdrängen. In ihren Gedankenausflügen nannte sie Deutschland stets Frankfurt. Der Begriff „Frankfurt" klang

in ihren Gedanken gegenwärtiger. Neutral, unschuldig und zeitlos wie London oder Paris. Die alte Heimat ihrer Eltern war ein anderer Ort und hieß „Das Dritte Reich".
„Du bist durch und durch ein urbanes Tier", rief Benny lachend in den Hörer, als sie ihn vor sieben Jahren aus New York anrief um ihn zu benachrichtigen, dass sie ihren Flug vorverlegt hatte und noch heute Nacht nach Tel Aviv zurückkehren würde. Sie flog nicht zurück in ihre Heimat, sondern nach Tel Aviv.
Vier Jahre verbrachte sie nicht in dem Land, das auf den glühenden Trümmern des dritten Reiches entstanden war. Nein, sie lebte in Frankfurt und letztendlich nirgendwo.

Es ist noch immer sechs Minuten vor fünf.
Im Treppenhaus wird die Zeit willkürlich von ihrem ganz persönlichen Niedergang diktiert.
Sie muss diesen furchtbaren Ort sofort verlassen. Eine gelungene Flucht von hier wird einer Neugeburt gleichen.
Sie hätte nie nach Israel zurückkehren dürfen.
Sie hätte sich nie von Benny trennen sollen.
„Von Adnan, dem Araber, und Wolfgang, dem Deutschen, auch nicht."
Ja!
Egal was sie unternahm, das Scheitern lauerte in jedem ihrer Lebensabschnitte angriffslustig auf sie.
Was soll das, Ruchale, Selbstmitleid zu dieser Stunde, und das ausgerechnet hier?
Hatte sie die letzte Frage laut gesprochen?
„Nein! Du tust es immer seltener."
Das freut mich sehr
„Mich auch."
Wolfgangs größter Wunsch war, mit ihr eines Tages nach Israel zu reisen. Manchmal ließ sie sich erweichen und schmiedete mit ihm Reisepläne, die nie zur Realität werden konnten, weil Wolfgang ein unzertrennlicher Teil ihres

Daseins in Frankfurt und zugleich ein Deutscher war. Heute, auf der zweiten Stufe sitzend, schämte sie sich zutiefst, Wolfgang gegenüber nie ganz ehrlich gewesen zu sein.

„Nur selten kann ein Mensch eine ganze Wahrheit verfolgen oder realisieren, und seltener gelingt dieses einem Normalsterblichen für einen ganzen Tag."

Nein, es war nicht Rachel -B-, die sich wieder mal unerlaubt zu Wort gemeldet hatte, aber von wem bloß stammte dieses Zitat?

In ihrem Gedächtnis tummelten sich Tausende von kostbaren Weisheiten und dennoch konnte sie das einfache Überleben von einem Tag auf den anderen nicht mehr bewerkstelligen, geschweige denn begreifen.

„Deswegen sind wir hier gestrandet, meine Liebe."

Gestern Abend ging sie alleine am Strand spazieren. Die Luft schwebte feucht und stickig tief über den blauen Wellen und dem weißen Sand. Sie lief vorbei an Tausenden von umtriebigen und lebenshungrigen Frauen, Männern und Kindern. Alle Hautfarben und Altersgruppen waren vertreten. Die abendlichen Spaziergänger schlenderten aneinander vorbei auf den Spuren ihrer hastigen Jagdroute nach mehr Freude am Leben, und dennoch glich dieses abendliche Bildnis einem alten, erstarrten, morbiden Ölbildnis aus längst vergangenen Zeiten.

Wie sinnvoll war ihr gestriger Spaziergang, und wer kann dieses beurteilen?

Alle diese Menschen, die genau wie sie hofften, nach einem langen verschwitzten Tag, am Strand eine kühle Abendbrise zu genießen. Waren sie tatsächlich überzeugt, etwas Schönes erlebt zu haben?

Bei ihrem letzten gemeinsamen Strandspaziergang auf der gleichen sandigen Route vor der bedrohlichen Kulisse der hochragenden Hotels beschäftigte sich merkwürdigerweise auch Tante Selda mit der gleichen Frage.

Ihre schwere Krankheit verbarg sie hinter einem perfekt geschminkten Gesicht und dem lebhaften Interesse an dem Geschehen um sie herum.

Nach einer halben Stunde schlug sie vor, sie sollten sich eine Pause in ihrem Lieblings-Eissalon genehmigen. Das Atmen fiel ihr schwer, aber ihre Augen sprühten vor einer kindlichen Neugier auf das Leben.

„Schau nur alle diese Menschen, Ruchale!", rief sie und bestellte sich einen riesigen Schokoladen-Shake. Rachel bestellte sich einen Milchkaffee und schaute sich die schlendernde Menschenmasse zerstreut an.

„Kannst du mir verraten, Ruchale, woher all diese Menschen kommen, und ob sie tatsächlich Freude an ihrem Leben haben?"

„Ich habe keine Ahnung, von wo sie alle herkommen, aber ich bin mir ziemlich sicher, dass sie Freude an ihrem Leben haben", antwortete sie.

„Sie sammeln lediglich Pluspunkte für ihre perfekte Erinnerungsschatulle.", erwiderte ihre Tante trotzig und schwieg für eine kurze Verschnaufpause.

Damals im Alter von achtunddreißig Jahren hatte sie keine Ahnung, worüber ihre Tante sprach. Sie wagte aber nicht, der todkranken Frau zu widersprechen. „Ja, es scheint so.", bejahte sie leise die These ihrer Tante.

Nur zehn Minuten später bestand Tante Selda darauf, die Rechnung zu begleichen. Sie verließen das Café, und der Milchshake blieb unberührt, genau wie die verschollene Erinnerung an diese Begegnung bis zum heutigen Tag.

Es ist noch immer sechs Minuten vor fünf.
Der richtige Zeitpunkt, um einer längst erloschen geglaubten Sehnsucht nach ihrer Tante in voller Wucht zu begegnen.

„Sie sammeln nur Pluspunkte für ihre perfekte Erinnerungsschatulle." Diese traurige Erkenntnis verbirgt in sich die Wahrheit in der höchsten Reinheit.
Die reine Wahrheit ist manchmal so schäbig und widerlich. Wer kann so viel traurige Nüchternheit aushalten, Tag für Tag und Nacht für Nacht?
Die Gegenwart als manipulierte Inszenierung für heitere Erinnerungen, so lebte sie nie!
„Warum bist du dir da so sicher?"
Das ist doch sonnenklar. Wenn ich so gelebt hätte, würde ich mich für keine überflüssige Sekunde in diesem stinkigen Hauseingang aufhalten.
Wolfgang sammelte keine weißen Erinnerungspunkte. Er fürchtete sich vor nichts, außer dem Stillstand. Diesen Zustand hatte er tagtäglich bei seinen Patienten erlebt. Auf seiner „schwarzen Kuh" wie er sein BMW-Motorrad liebevoll nannte, schoss er durch die Kurven des Taunus und genoss das Leben im tiefen Flug so nah am Abgrund. Je schneller, umso lebendiger fühlte er sich.
So sehr sie sich seit Jahren auch bemühte, an die letzte Begegnung mit Wolfgang konnte sie sich nicht erinnern.
Nein, nein!
Sie verdrängte die Erinnerungen an ihre letzten gemeinsamen Stunden, weil er nicht mehr lebte und sie davon überzeugt war, eine Mitschuld an seinem freiwilligen Tod zu haben.
Als sie ihrem Vater bei einem langen Spaziergang entlang der Dizingof-Straße ihre Gewissensbisse wegen des Freitodes ihres deutschen Freundes beichtete, lächelte er ihr beschwichtigend zu und rief: „Unsinn, Mädchen. Aber was für ein Unsinn! Wolfgang war ein Opfer der Umstände, die schon lange vor deiner und seiner Geburt begannen, ihr Unheil zu stiften."
„Kaniree ata zodek aba." – „Anscheinend hast du recht, Papa", antwortete sie wohlwollend, aber der Zweifel blieb

lebendiger denn je an ihrer Seele haften. Sonst hätte sie längst wieder den Zugriff auf die verlorenen Erinnerungen an die letzte Begegnung mit ihrem deutschen Freund erlangt.
Wolfgang nahm sich das Leben, weil er keinen Gefallen am Sammeln von weißen Erinnerungspunkten fand und erst recht nicht von schwarzen traurigen Punkten für die stillen Tage am Ende der Allee des Lebens. Er kam einem tödlichen Unfall in den engen Asphaltkurven der Berge oder einem seelischen Kollaps im Treppenhaus freiwillig zuvor.
„Und wir, Ruchale?"
Nicht wir.
Ich!
„Ja, ich meine dich!"
Sie wollte einen klaren Blick in einen von manipulierten Erinnerungen freien Abgrund riskieren und folgte ahnungslos ihrem Willen. Sie tat es viel zu lang und bereute es heute zutiefst.

Kapitel 23

Nur noch fünf Minuten vor fünf.
Heute Abend wird sie in die Cinemathek gehen. In genau fünf Minuten wird auch Rachel Gur sich endlich dem Sammeln von weißen Erinnerungspunkten widmen. Zeitung lesen, kochen und wie jeder zweite Israeli eifrig nach einem günstigen Reiseangebot im Internet jagen. Dann könnte auch sie an ihrem Arbeitsplatz über ihr gelungenes Wochenende berichten.
„Das wirst du leider nicht tun."
Sei endlich leiser!
„Dann schweig du zuerst."

Ihre neu geschlossene Ehe mit der Wahrheit schien tatsächlich ein Bund für ein langes dorniges Leben im Treppenhaus zu sein.
Rachel Gur spürt das Bedürfnis zu lachen, und sie tut es tatsächlich. Sie lacht, bis ihre Bronchien das Atmen verweigern, und trotzdem verrät ihr ihre Armbanduhr die verblüffende Tatsache, dass es noch immer fünf vor fünf ist.
Jede der letzten fünf Stunden glich zehn Jahren ihres Lebens. Dieser simplen Rechnung folgend weilte sie schon hundert Jahre auf Gottes Erde. Die zweite Hälfte davon verbrachte sie mit toten Ratten und selbsttätig knisternden Plastiktüten im verdunkelten Eingang eines schmucklosen Wohnblocks.
„Nicht schon wieder die alte Leier."
Hatte sie den letzten Wunsch laut gesprochen? Wenn nur eine zweite Person hier wäre, um ihr bei der Klärung dieser Frage behilflich sein zu können. Die Vorstellung, ihr gegenüber säße ein strenger Beobachter, der alle ihre Selbstgespräche akribisch notierte, war gewiss ungewöhnlich, aber nicht ganz realitätsfremd.

„Der pure Wahnsinn!"
Sie bricht erneut in einen deplatzierten und merkwürdig fröhlichen Lachanfall aus.

Vor einem Jahr war sie noch fest entschlossen, wieder nach Deutschland zurückzukehren. Anat, ihre beste israelische Freundin, warnte sie ausdrücklich vor diesem Schritt zurück in eine Vergangenheit, die hauptsächlich aus lebensunfähiger Gegenwart bestanden hatte. Esther, ihre beste Freundin in Frankfurt, nannte ihre Entscheidung in ungewohnt israelkritischem Ton, „einen mutigen und reifen Schritt, um endlich aus dem sozial ungerechten und von religiösen Fanatikern beherrschten Heiligen Land zu entkommen.". Die konträren Meinungen zermürbten sie einen quälenden Monat lang, bis sie ihren Plan aufgab. Heute, frisch liiert mit dem jüngsten Kapitel ihrer elternlosen und ganz persönlichen Wahrheit, war es klar, dass die Flucht zurück zum alten Versteck in der ehemaligen Heimat ihrer Eltern ihr einen Bärendienst erweisen würde. Frankfurt war letztendlich kein autonomer Staat auf einem fremden Stern mit einer reinen Vergangenheit. Es lag in der genauen Mitte eines Landes, dessen stolze neue demokratische Gegenwart unfreiwillig, in Folge der eigenen Niederlage, entstanden war.
„Etwas zu mild formuliert."
Die Antworten, nach denen sie sich ihr ganzes Leben gesehnt hatte, nahmen ihre Eltern und Tante Selda mit ins Grab. Die unzähligen Wahrheitskrümel, die sie mit viel Mühe lebenslang in ihrem Gedächtnis hortete, glichen nur dem dünnen Staubteppich zu Füßen eines hochragenden Stahlobelisken.
Sie vermählte sich mit der Wahrheit, ohne Mitgift und ohne deren Jawort gehört zu haben. Kurz vor dem Sabbat stand sie mit leeren Händen im Treppenhaus. Ein Ort, der einem Geisterfriedhof glich, nur 49 Stufen entfernt von

ihrer Wohnung. Tausende Male bezwang sie diese Treppen bereits, doch heute schien sie dieser täglichen Transitpflicht nicht gewachsen zu sein.
Vier Minuten vor fünf.
Ihre Eltern begegneten sich erstmals in einem britischen Internierungslager auf Zypern. Zwei Jahre vor der Entstehung des Staates Israel sperrten die Briten für Tausende von Juden den Seeweg zur Heimat. Kinder, Frauen und Männer, die das grauenhafteste Vernichtungskapitel in der Geschichte der Menschheit überlebten hatten, wurden diesmal von englischen Soldaten nur wenige Seemeilen entfernt von der Küste Palästinas gestoppt und auf der Mittelmeerinsel interniert.
Ihre Tante war zehn Jahre älter als ihre Eltern. Sie war viel zu korpulent für ihre winzige Statur. Eine nach außen etwas aufmüpfig wirkende Frau, die stundenlang ohne Punkt und Komma von verstorbenen Patienten erzählen konnte. Ob das der Grund gewesen war, dass sie nie einen Mann hatte?
Das frisch verliebte, zukünftige Ehepaar Gur ging Tag für Tag als freiwillige Helfer in die Krankenstation des Lagers. Dort teilten sich der britische uniformierte Mediziner Dr. Max Steiner und eine resolute junge Krankenschwester namens Selda Gurewitch die Herrschaft. Ihrer Tante gelang es wie durch ein Wunder, allen Schicksalsschläge des Krieges zum Trotz ihre Zeugnisse samt allen Dokumenten, die ihre Ausbildung als Krankenschwester mit Nachdruck belegen konnten, auch in die neue Heimat zu retten. Dr. Steiner war in ihrer Anwesenheit immer unsicher, und Selda behauptete noch Jahrzehnte danach, dass der britische Arzt jüdisch polnischer Abstammung unsterblich in sie verliebt gewesen sei. Als Rachel eines Winterabends dazu Vatis Meinung erfragte, kicherte er leise vor sich, um anschließend zu flüstern „Doktor Steiner schätzte nur ihre Qualitäten als Krankenschwester und ihren Lebensmut

nach dem zweijährigen Aufenthalt im Konzentrationslager. Aber Selda war in ihn unsterblich verliebt, wie jede zweite Frau im Lager!"
„Warum bist du deiner These so sicher? Vielleicht war der Arzt tatsächlich in sie verliebt.", erwiderte sie kriegerisch, wohl ahnend, dass sie nur um die Ehre ihrer Tante kämpfte und nicht um die Wahrheit. Ihr Vater aber vertiefte sich unwiderruflich in das Buchstabenmeer seiner Zeitung.
„War auch Mutter in den attraktiven Lagerarzt verliebt?" fragte sie, ohne sich zu bemühen, den provokativen Unterton in ihrer Stimme zu kaschieren. Der Mann, der ihr Vater war, verdrängte ihre Anwesenheit fortwährend und damit ihr Dasein nicht zum ersten Mal. Die Wahrheit blieb verschmäht und verschollen. Jene Wahrheit, die in den lodernden Flammen des großen Krieges geschmiedet worden war. Eine abgelehnte und verhasste Wahrheit, die sie Tag für Tag um eine familiäre Harmonie und letztendlich um das eigene Glück einer gebärenden Mutter beraubte.
„Willst du jetzt schon wieder weinen, du armes Opfer der zweiten Generation?"
Nein, das wird sie nicht tun.
Gleich, ganz genau in vier Minuten, wird sie dieser Episode ein Ende setzen.
„Episode?"
Ja, eine unbarmherzige und einsame Episode.
„Und die Wahrheit?"
Deine oder meine?
„Unsere."
Es gab in ihrem Leben und dem der anderen keine Wahrheit, die eine lebenslange quälende Suche wert war. Das Dasein galt nur als lebenswert, wenn man am Ende jedes Lebensabschnitts eine positive, fröhliche oder noch besser, raffiniert geglückte Daseinsbilanz aufweisen konnte. Einen einzigen Monat vor ihrem fünfzigsten Geburtstag stand sie vor den herzlosen Göttern, die diese verlogenen Glücks-

maßstäbe erfunden hatten, erschöpft und wehrlos da. Ihre fünf Jahrzehnte auf Erden waren überwiegend von Kratern des Scheiterns übersät.
Gab es in ihrem Leben vielleicht doch auch Momente oder Epochen, die nur von Glückseligkeit erfüllt waren?

Kapitel 24

Ihr erster Frühling in Deutschland blieb in ihrem Gedächtnis als die schönste Zeit ihres Lebens eingraviert. Waren es die zarten Blüten, die alle Bäume der Stadt mit rührend befristetem Stolz auf ihren Schultern trugen, oder vielleicht die Rückkehr der Sonne nach langer Abwesenheit?

Der Versuch, vergangene Ereignisse nachträglich zu sortieren, ist fast immer von dem Wunsch getrieben, sich mit der eigenen Vergangenheit zu versöhnen oder diese schöner darzustellen, als sie in Wirklichkeit war.
„Häufig, aber nicht immer".
Das ist ein Zitat von Mutter!
„Dann wird es schon stimmen".

Als ihr erster deutscher Frühling endlich nach Frankfurt kam, roch ihre Wohnung noch immer nach frischer Wandfarbe, und das Parkett in ihrem Wohnzimmer knisterte jeden Tag pünktlich um Mitternacht. Öfter glaubte sie, dass ein Wesen von zierlicher Statur in ihrer Wohnung Nacht für Nacht barfüßig vom Badezimmer zum Nordfenster ihres Wohnzimmers rannte, aber niemals vom Nordfenster zum Badezimmer. Möglicherweise sprang es aus dem Fenster oder löste sich innerhalb von wenigen Sekunden in kosmischem Staub auf.
Wolfgang war ein leidenschaftlicher Bastler und ein praktizierender Arzt, der für jedes Phänomen immer eine vernünftige und wissenschaftlich fundierte Erklärung parat hatte.
„Holz arbeitet Tag und Nacht. Es lebt ewig, atmet und bewegt sich ständig."
Warum hat Wolfgang sein Leben freiwillig so früh aufgegeben?

Wäre er noch am Leben, wenn sie Israel nie verlassen hätte?
Wolfgang starb fünf Jahre nach dem schönsten Frühling ihres Lebens. Ihre Eltern lebten damals noch. Vielleicht auch deswegen galt ihr erster Frühling in Deutschland als die schönste Periode ihres Daseins.
All den zahlreichen Unstimmigkeiten, die ihr Leben begleiteten zum Trotz, schien aus ihrem damaligen Blickwinkel der Tod, jenseits von globalen Zusammenhängen rein egoistisch betrachtet, meilenweit entfernt von ihr zu wohnen. Obwohl er damals wie heute Tag und Nacht geduldig vor ihrer Haustür lauerte.

Frankfurt am Main - Mitte der Achtziger
Ein makelloser Frühling

Kapitel 25

Sonntag.
Der erste Frühlingstag.
Der graue Schnee verwandelte sich rasch zu einer durchsichtigen Flüssigkeit, die ihrer weißen Pracht still und würdevoll nachtrauerte.
Sie öffnete die Balkontüren und betrat mit erhobenem Haupt einen von Sonnenlicht umarmten Morgen.
Mehrere Minuten stand sie mit geschlossenen Augen auf dem Balkon. Nach einer Weile fand sie ihre Pose als Sonnenanbeterin zutiefst theatralisch.
Bevor sie ihre Augen öffnete, war es ihr klargeworden, dass sie ein fremder Mann seit geraumer Zeit aufdringlich beobachtet. Die Suche nach dem anonymen Individuum blieb erfolglos. Alle Fenster begegneten ihren suchenden Blicken feindlich verschlossen und distanziert.
Beim zerstreuten Gang in die Küche befürchtete sie, der wunderbare Morgen könnte noch vor der Mittagstunde seine Unschuld für immer verlieren. Die erste Duftwolke des frisch gebrühten Kaffees schenkte ihr erneut eine Zuversicht, dass die Schönheit ihres ersten Frühlings in Deutschland stärker und heller war als die trüben Wolkenherden, die allzu oft in ihrer Seele schwebten.
Kurz vor neun klingelte ihr Telefon. Sie schenkte sich noch eine Tasse Kaffee voll bis zum Rand und ignorierte tapfer den aufdringlichen Klingelton.
Dreißig Minuten nach neun verließ sie ihre Wohnung. Würde sie sich beeilen, konnte sie von der Hauptwache in zehn Minuten die U-Bahn nach Oberursel erreichen.
Die U3 rollte knisternd und ratternd dem Taunus entgegen. Kurz hinter der Miquelallee fuhr der Zug endlich aus dem finsteren Tunnel direkt in die Arme des Frühlings.

Als der Zug an der Station „Weißer Stein" hielt, spürte sie für einen kurzen Moment den trüben Atem des großen Kriegs an ihrem Nacken.
Sie könnte sich darauf besinnen, dass ihre Eltern in der neuen Heimat nie mit der Eisenbahn fuhren.
In Niederursel leerte sich der Zug und verwandelte sich plötzlich zu einem von Sonnenstrahlen umrahmten rollenden Niemandsland. Weg waren die Kriege. Die Kriege und ihre Opfer. Die Opfer der ersten, zweiten und dritten Generation.
Kurz nach zehn erreichte der Zug seine Endstation.
Zögernd stieg sie aus der U-Bahn und stand einen Moment lang ratlos da. Nein, hier war sie noch nie gewesen oder vielleicht doch! Und Ihre Eltern? Ihre Eltern waren nie hier gewesen. Warum war sie sich dessen so sicher? Einfach weil sie es so entschied!
Zu Füßen des Taunus lag der Schnee noch überall. Strahlend weiß in seinem irren Glauben, der Winter würde noch ewig andauern.
Sorgsam wickelte sie den blauen Schal um ihren Hals und marschierte dem Gipfel entgegen. Ihre Stiefel versanken knisternd wieder und wieder in dem weichen Schnee am Straßenrand. Allmählich befürchtete sie, die Kontrolle über ihre immer kürzer werdenden Atemzüge zu verlieren.
Nach dreißig Minuten öffnete sich unerwartet eine verborgene Schleuse in ihrer Seele. Das Atmen fiel ihr leichter denn je. Sie war sich sicher, dass sie bis zum Sonnenuntergang eine Frau ohne Kriegsschatten bleiben würde, und sie blieb es einen ganzen Frühling lang.
Zwei vom Rausch der reinen Luft und von Sonnenlicht getränkte Stunden irrte sie freiwillig auf unbekannten Waldwegen umher, bis sie unerwartet vor einem Gasthof namens „Fuchstanz" stand.
Als sie in das Lokal eintrat, fühlte sie sich ihrer alten Heimat am Ufer des Mittelmeers verbundener denn je. Umso

überraschender erschien ihr die Tatsache, dass die Gäste im Lokal sich nur auf Deutsch verständigten. Die Anwesenden schienen so normal und unschuldig zu sein.
Nur vierzig Jahre danach!
Der alte Mann am Nachbartisch wirkte auf sie erstaunlich freundlich. War er vielleicht ein Jude?
Die Kellnerin näherte sich ihrem Tisch und fragte höflich, ob sie etwas bestellen möchte. „Gerne", antwortete sie erleichtert und bestellte sich auf Hochdeutsch eine Tasse heißen Kakao.
Eine schwarze Kriegswolke verschwand unfreiwillig hinter dem Taunusgebirge.
Nicht für immer.
Sie vertiefte sich genüsslich in die von ihr selbst erschaffene Zone des Friedens, tief im feuchten Wald. Dies war ein Ort ohne Schuld und Vergangenheit. Dort konnten beleibte Köche ohne nationale Identität köstlichen, heißen Kakao zubereiten oder von Kalorien trotzende Torten backen.
Beinahe zwei Stunden verbrachte sie gedankenfrei und friedlich in dem Ausflugslokal.
Auf ihrem Weg zurück zum Bahnhof in Oberursel war sie davon überzeugt, dass der Wald und seine Bewohner sie endlich in ihre Herzen geschlossen hatten. Der schmelzende Schnee verwandelte sich zu verschwenderischen Bächen, die es in der Negev-Wüste nie geben würde. Die Bäume tanzten ungestört morgenländisch anmutende Tänze mit dem sanften Wind, die Vögel sangen und zwitscherten laut und fröhlich, auch als sie ganz nah an ihnen vorbeilief.

Kurz vor vier Uhr Nachmittag stieg sie in den Zug, der sie zurück nach Frankfurt brachte.
Vor dem Eisladen in der Eckenheimer Landstraße stand eine lautlose Menschenschlange, merkwürdig geduldig und

reglos. Etwa dreißig eishungrige Männer und Frauen. Sie wollte nach Hause gehen, aber plötzlich fand sie sich, am Ende der wartenden Menge stehend, in sich gekehrt wie die anderen.
Leise bestellte sie sich „eine Kugel Vanille und eine Kugel Schokolade" und schlenderte der Keplerstraße entgegen. Zurück in die vergangenheitsfreie Zone, zwischen die Wände einer deutschen Mietwohnung, in der Mitte einer deutschen Stadt.
Kurz vor sechs Uhr abends unterbrach plötzlich das Telefon sein unfreiwillig auferlegtes stummes Dasein. Es klingelte beunruhigend aufdringlich.
Mutter wird es nicht sein, weil sie wegen des günstigen Tarifs immer nur nach neun Uhr abends anruft. Vielleicht ist es Tante Selda?
Nein, es war Esther. Das obligatorische „Wo warst du, wir haben bei dir schon fünfmal angerufen.", hatte sie nur lächelnd am Rande wahrgenommen. Gerne hätte sie geantwortet „Ich bin froh, euch entwischt zu sein."
Aber stattdessen fragte sie "Wo wart ihr denn?". Es folgte eine detaillierte Beschreibung von Esthers Ausflug in den Taunus, dessen Höhepunkt ausgerechnet ein Besuch in einem Waldgasthof namens „Fuchstanz" markierte.
Den Satz „Ich war heute auch dort", würgte sie zum Glück rechtzeitig ab, sonst hätte sich das Gespräch noch länger hingezogen.
Sie lehnte Esthers Angebot zu einem gemeinsamen Besuch einer Lesung ab, beinahe zu rigoros. „Ich habe momentan keine Lust, einen ganzen Abend wieder das Geschwätz über den Holocaust über mich ergehen zu lassen", antwortete sie. Eine höfliche Minute später verstummte dann das Gespräch.
Der Abend verwandelte sich unbemerkt zur europäischen Nacht.

Sie ging zur Küche und bereitete sich Buletten und Püree sowie in Butter gewärmte grüne Erbsen von gestern zu. Das gleiche Gericht hatte ihre Mutter vorgestern in Tel Aviv serviert. Es ist merkwürdig, aber nicht von der Hand zu weisen, dass sie ihre Affinität zu Fleischbuletten und Püree mit Erbsen nur hier in Deutschland entdeckte, fern von ihren Eltern und der Heimat.
Zerstreut schenkte sie sich noch ein Glas spanischen Rotwein ein.
Scheiße!
Die rote Flüssigkeit lief über den Glasrand. Die schöne weiße Tischdecke wurde gerade unwiderruflich zur Zweitklassigkeit degradiert. Diesen Fleck bekommt sie wahrscheinlich nie weg. Die schöne Tischdecke wird sich nie wieder am Anblick von fröhlichen Gästen und Festmahlen erfreuen können.
Den roten Fleck bestreute sie mit einer Prise Salz, wohl wissend, dass dieser schändliche Makel sie nach dem Waschen in hellem Pink anstarren würde bis in die Ewigkeit. Der einsame Fleck wird ihr Blickfeld immer zu unpassenden Momenten kreuzen, so wie der große Krieg es jahrzehntelang mit ihrer Seele tat.
Kurz vor zwanzig Uhr übermannte sie ein peinlich leichter Anflug eines Schuldgefühls gegenüber Esther. Beinahe hätte sie den Telefonhörer in die Hand genommen und ihre Nummer gewählt, um sich für ihre hässliche Reaktion auf die freundliche Einladung zu entschuldigen.
Nein, sie wird es nicht tun! Sie wird sich bei niemandem entschuldigen, weil es allein ihr Frühling war. Ihr ganz eigener Frühling. Die schönste Epoche ihres Lebens. Diese würde sie tapfer schützen, drei Monate lang!
Vorsichtig schenkte sie sich ein neues Glas Wein ein und ging zum Wohnzimmer. Es roch dort leider noch immer penetrant nach frischer Wandfarbe.

Eine Stunde vor Mitternacht dachte sie, es wäre an der Zeit, dem langen Tag ein sanftes Ende zu bereiten.
In dem noch immer notdürftig eingerichteten Badezimmer begegnete sie ihrer Weiblichkeit.
Nackt vor dem Spiegel gab es für sie keinen Zweifel, sie war eine feminine und durchaus begehrenswerte Frau. Warum spielte diese Tatsache so eine untergeordnete Rolle in ihrem Leben? Diese Frage ließ sie einfach in ihren Gedanken verpuffen. Ihren schönsten Frühling wollte sie sich um keinen Preis verderben lassen. Dessen Schönheit spiegelt auch ihre Schönheit wieder, dachte sie bei der kritischen Betrachtung ihres Badezimmers.
Wie oft nahm sie sich vor, kleine Möbel für diesen kahlen weißen Raum zu erwerben. Das Badezimmer blieb am Ende vier Jahre lang ein merkwürdig karger und feuchter Ort. Das Spiegelbild einer jüdischen Seele auf der ewigen Flucht in das neue oder alte Exil.
Splitternackt legte sie sich ins Bett und für eine kurze Weile dachte sie an Wolfgang. Wenn er jetzt hierher käme, hätten sie sich bestimmt mehrere Stunden unterhalten, kreuz und quer über alles Mögliche, um sich anschließend nur für den Bruchteil der Nacht zu lieben.
Was wäre, wenn Adnan plötzlich hier auftauchte?
Sie bildete sich ein, dass eine leichte Wärmewelle sich in ihrem Unterleib verbreitete und dann verstummten die Gedanken.
Zwei Minuten vor Mitternacht riss sie die Sirene eines Krankenwagens aus ihrem Schlaf. Auch im schönsten Frühling brannten Häuser und Menschen erkrankten.

Genau um Mitternacht rannte ein zierliches Wesen vom Badezimmer in das Wohnzimmer. Das Holzparkett knisterte von rechts nach links und dann kehrte die Stille zurück. Kein Haus brannte und kein Mensch erkrankte oder starb bis zum Sonnenaufgang in ihrer kleinen Welt.

Kapitel 26

Montag.
Der zweite Frühlingstag.
Genau um acht Uhr morgens läutete jemand hartnäckig an ihrer Tür.
Ist das der Briefträger oder vielleicht der Hausmeister?
Wie konnte sie es nur vergessen!
Gestern kam endlich der Frühling nach Frankfurt und heute ist Ostermontag.
Ihr deutscher Freund und sie waren für heute Morgen verabredet.
Ein kurzer Knopfdruck befreite sie von dem unsäglichen Klingelton. Dann stürmte ein zwei Zentner schwerer Mann die Treppen hoch.
Sie schlüpfte in ihren ausgeblichenen roten Bademantel, öffnete die Wohnungstür einen Spalt und ging in schnellen Schritten durch die Küche in das Wohnzimmer bis zum Nordfenster und wieder zurück. Überraschenderweise blieb das Parkett stumm. War das unsichtbare Wesen, das jede Mitternacht auf ihrem Parkettboden rannte, wesentlich schwerer als sie?
Vielleicht ein Mann so groß wie ein Riese?
Wolfgangs zarter Bariton rollte ihr vom Korridor entgegen.
„Hallöchen, ist jemand da?"
„Hier bin ich."
An dem von der Sonne überfluteten Morgen war sie tatsächlich mit Leib und Seele da und hielt der Freude die Treue bis zum allerletzten Frühlingstag.
Zartfühlend näherte er sich ihr von hinten. Sie hörte seinen Atem und das Knistern des Holzparketts unter seinen großen Füßen. Er war ein Mann, so groß wie ein Gladiator. Barmherzig, verzweifelt und haltlos wie eine Mutter, die alle ihre Kinder in einem einzigen Krieg verlor. Ein Krieg,

der an einem einsamen Ort stattfand, der nie wieder von Menschen besiedelt wurde.
Zwei riesige und federleichte Hände umarmten sie unsichtbar, rätselhaft und zuweilen schmerzhaft unbegreiflich wie das Leben, zwei Jahrzehnte nach ihrem schönsten Frühling.
Nein, sie haben nicht miteinander geschlafen, weil bei einem so kostbaren Sonnentag der Geist Vorrang vor dem Körper hat.
Dreißig Minuten später liefen sie Hand in Hand von der Keplerstraße bis zum Café im Mittelweg. Sie bestritten diesen Weg gemeinsam neunundzwanzig Mal in fast vier Jahren. Bis zum runden Dreißigsten schafften sie es nicht.
Das Café war noch menschenleer, aber sie bildete sich ein, die Nöte und Freuden der Besucher vom Vortag schwebten noch befremdend lebendig und aufdringlich im Raum.
Er schaute sie ruhig und konzentriert an. Ihr gegenüber saß jetzt ein Arzt. Kein Mann, sondern ein Wesen, dem sein Wille leidenden Menschen zu helfen längst außer Kontrolle geraten war. Still und heimlich verwandelte sich dieser Drang zu einer seelenvernichtenden Obsession.
„Sollen wir in ein anderes Café gehen?" fragte er leise.
Sie beantwortet seine Frage mit einem ausführlichen Bericht über ihren schönen Ausflug in den Taunus, nicht nur weil sie ihre Erlebnisse mit ihm teilen wollte. Es übermannte sie ein tiefer Wunsch den gutherzigen Mann davon zu überzeugen, dass es ihr allen monströsen Grausamkeiten der Vergangenheit zum Trotz gut ging, auch wenn sie Jüdin und eine Tochter von Kriegsopfern war.
Er lächelte ihr zu, um sich anschließend für einen langen Moment in Gedanken, die niemandem je zugänglich würden, zu vertiefen.
Dreißig Minuten später füllte sich das Café nach und nach mit vom langen Winter erblassten Menschen, überwiegend Vertreter der mittleren und oberen Schicht. Einige re-

gistrierten mit Argwohn, dass ahnungslose Besucher ihre vermeintlichen Stammplätze besetzt hatten. Manche standen einen langen Moment still, bis sie den Mut fassten, leise zu fragen, ob der Platz am anderen Ende eines Tisches frei wäre.

Die Frauen und Männer, die im Cafè saßen, waren hier geboren und sprachen ihre Muttersprache, aber es schien ihr, als wären sie Fremde von ganz weit her.

Israel ist ein Land, das Tag und Nacht von Millionen von Feinden bedroht wird. In Deutschland dagegen herrscht seit über dreißig Jahren Frieden, dessen Zukunft stabil und vielversprechend zu sein scheint. Diese Tatsache, und sogar die perfekt organisierte Gemütlichkeit im gediegenen Caféhaus, konnten den Eindruck nicht entkräften, dass das Schicksal der neuen Republik und jedes einzelnen ihrer Bürger auch an diesem Frühlingsmorgen an einem unsichtbaren dünnen Faden hing.

Die Anwesenden und jene, die nicht mehr anwesend waren, drohten, sie um ihren einzigen glücklichen Frühling zu berauben. Deswegen musste sie mit Wolfgang in den Wald fliehen.

Sie fuhren mit der U-Bahn bis zur Haltestelle, die das obere und stille Ende von Oberursel markierte. Dort stiegen sie beide aus und betrachteten die Landschaft.

Von der prächtigen Schneedecke blieben einzeln und verschämt ein paar verblasste Schneeflocken an einzelnen Baumzipfeln hängen. Den tiefblauen Himmel zierten vereinsamt ein paar dünne weiße Kondensstreifen von Langstreckenflugzeugen.

Für eine kurze Weile liefen sie schweigend, fern von einander, dann nahm er ihre Hand und führte sie zu einem dunkelgrünen Wald.

Der vom Tauwasser durchweichte Boden befreite sich langsam von der Kälte, die monatelang tief in seinem Leib gespeichert war.

Ob die unsichtbaren Vögel, die lauthals den Frühling besangen, hier schon seit ihrer Geburt lebten? Waren sie je gezwungen, ihre Nester fluchtartig zu verlassen? Sind sie je in Israel gewesen?
Im Waldlokal schien ein anderes Volk zu verweilen. Die Anwesenden wirkten fröhlicher und freier.
„Der Wald entwaffnet uns von unserer Vergangenheit und befreit uns von kleinkarierten nationalen Zwängen. Er beschenkt uns für die Dauer eines Aufenthalts in seiner Tiefe mit einer neuen federleichten und schuldlosen Identität."
Diese Worte sprach Wolfgang, kurz bevor sie das Lokal erreichten. Gerne hätte sie seine poesieträchtige These mit der Frage konfrontiert, ob das deutsche Volk weniger Schaden gegen die Menschheit verursacht hätte, wenn es ein Naturvolk geblieben wäre. Aber sie schwieg, weil sie ihn liebte und er unschuldig und hilflos war. Wie sie versuchte er, seit Jahrzehnten vergeblich, sein Leben in den Griff zu bekommen, einer schweren Sünde, die vor seiner Geburt begangen worden war, zum Trotz. Vielleicht schwieg sie ihres schönsten Frühlings wegen.
Beide bestellten sich heißen Kakao mit Sahne und setzten sich nach draußen. Das heiße Getränk floss durch ihren Leib, bis es ihre kalten Füße erreichte.
Sie war sich sicher, dass niemand hier ahnen konnte, woher sie stammte. In den nächsten drei Monaten würde sie Fragen, die ihre Herkunft betreffen, nicht beantworten. Israel befand sich schließlich noch immer im namenlosen Tal, das sich ausbreitete zwischen „Wer sind wir und wer sind die anderen?" und „Warum haben sie es ausgerechnet uns angetan und nicht den anderen?".
Wolfgang schaute ihr tief in die Augen. Dann hob er seinen Kopf suchend gen Himmel und Sie flüsterten ihm zu
„Der Wald entwaffnet uns von unserer Vergangenheit und befreit uns von kleinkarierten nationalen Zwängen. Er be-

schenkt uns für die Dauer eines Aufenthalts in seiner Tiefe mit einer neuen federleichten und schuldlosen Identität."
Er lächelte verlegen. Die Sonne verlor längst ihren Platz im Zenit. Unschuldig waren nur die Bäume, und es war an der Zeit, den Wald zu verlassen.

Kapitel 27

Der Abend des zweiten Frühlingstages.
Wolfgang lag auf dem Sofa im Wohnzimmer und war in ein Medizinbuch vertieft. Hin und wieder betrachtete sie ihn voller Neugier. Er würde in Israel nie glücklich sein können, dachte sie, während sie eine Zwiebel klein- hackte. Ihre Augen waren mit Tränen bedeckt. Mit beinahe sadistischem Genuss warf sie die perlweißen Zwiebelwürfel in das heiße Öl. Zwiebeln schneiden hasste sie und konnte dabei sogar aus Wut richtig weinen.
Sie nahm die Packung mit dem Hackfleisch aus dem Kühlschrank, schnitt das Zellophan, das an dem Fleisch klebte, mit dem Messer auf und roch an der roten Masse. Das Fleisch war völlig geruchsneutral. Es zischte für einige Sekunden laut, als sie es zu den glasierten Zwiebeln fügte. Dann verband sich die Flüssigkeit, die aus dem Hackfleisch entrann, mit dem Olivenöl und den gebratenen Zwiebeln allmählich zu einem angenehmen Duft. Thymian, schwarzer Pfeffer, scharfe rote Paprika und zerhackte Knoblauchzehen gesellten sich zu der heißen Masse. Nach etwa fünf Minuten fügte sie einen Löffel Tomatenmark in die Pfanne und mischte langsam die Soße, bis sich ein wohltuender Geruch in ihrer Wohnung verbreitete. Zwei Lorbeerblätter, eine Dose Pizzatomaten, ein Glas Wasser und eine Prise Salz rundeten die Zubereitung ab. Das Ganze kann nun für sich eine halbe Stunde lang kochen.
Gleich wird sie ihres Schuldgefühls wegen mit Esther kurz telefonieren. Danach kommt der Topf mit dem Wasser für die Nudeln auf den Herd.
Wolfgang ist noch immer vertieft in sein Medizinbuch. Sie wählt Esthers Nummer.
Die Stimme ihrer Freundin auf der anderen Seite der Leitung klang traurig und versöhnlich zugleich. Esther war eine echte neue deutsche Jüdin. Ein herzensguter Mensch

mit einem utopisch positiven Verhältnis zu dem Staat Israel und einem gespaltenen Verhältnis zu ihrer wahren Identität als deutsche Bürgerin.
Zu oft stritten sie sich über die politische Linie des jüngeren Staates. Eine Frau, die in Israel geboren war und dort im Militär diente, gegen eine Frau, die in Deutschland geboren war und die Existenz Israels aus sicherer und nicht unbequemer Entfernung kompromisslos verteidigte.
In ihrer telefonischen Begegnung war Esther ihr gegenüber stets herzlich. Dennoch stimmte sie im Nachhinein der traurige Unterton in Esthers warmer Stimme für einen kurzen Moment melancholisch.
Nach dem Gespräch stellte sie geschwind den Topf mit dem Wasser auf den Herd und rührte minutenlang die feuerrote Soße in der Pfanne. Eine überflüssige Handlung, die auf sie einen beruhigenden, meditativen Einfluss ausübte.
Vorsichtig fügte sie die Nudeln in das kochende Wasser. Dabei verteilte sie die Spaghettini kranzförmig im Topf, um zu vermeiden, dass die Nudeln aneinanderklebten.
Wolfgang mochte italienische, aber sie bevorzugte spanische Rotweine. Deswegen standen an ihrem Tisch nebeneinander immer zwei Weinflaschen, die eine aus Spanien, die andere aus Italien.
Sie saßen sich feierlich gegenüber. Ein Mann, der aus Deutschland stammte, aber sich in seiner Heimat nie heimisch fühlte, und eine Frau, die aus Israel hierher kam, um sich aus der Geisel eines Schattenteppichs, mächtig, dunkel und breit wie kein anderer, zu befreien.
„Vorzüglich", rief der Mann, der den italienischen Wein bevorzugte.
„Nicht übel", erwiderte die Frau, die den spanischen Wein mochte.
Er hasste Parmesan. Sie jedoch konnte sich das gelb- weiße Pulver schaufelweise auf ihre Spaghettini streuen.

Es schien so, als ob alle diese kleinen Unterschiede in ihren geschmacklichen Vorlieben nur die harmlosen Stellvertreter von tieferen und unüberbrückbaren Differenzen waren, die unter der Oberfläche lauerten.
Nach ihrer Meinung passen Nudeln prächtig zu dem spanischen Wein. Er wird bis zum Ende seines kurzen Lebens weiter schwören, dass nichts besser zu Spaghetti mit Fleischsoße passt als ein junger, fruchtiger, italienischer Rotwein.
Für eine Weile aßen sie bedächtig schweigend, weil Gedanken an den großen Krieg sie wieder verlegen stimmten. Als er flüsternd fragte, ob sie noch etwas Wein möchte, keimte bei ihr die Hoffnung auf, sie könnte für die bescheidene Frist eines erholsamen Abends aufhören, eine Jüdin zu sein, und er wäre nur Wolfgang, der gute Riese, der aus dem Dorf oberhalb des Rheins kam, um Menschen zu heilen.
Es sind sechs Wochen vergangen, seit sie sich begegneten. Wenige Wochen später werden ihre Begegnungen nach einem präzisen kalendarischen Zyklus stattfinden. Das letzte halbe Jahr ihrer Beziehung werden sie sich immer seltener sehen. Drei Jahre und sieben Monate später werden sie sich trennen, ohne das Wort Trennung je erwähnt zu haben.
Als Nachtisch gab es Mousse au Chocolat aus dem Supermarkt.

Das von nur einer Kerze beleuchtete Wohnzimmer roch um einundzwanzig Uhr besonders penetrant nach frischer Wandfarbe.
Donald Fagens Stimme hob sich unsichtbar in präziser stereofoner Ordnung im Wohnzimmer, und sie liebten sich auf dem grünen Sofa. Langsam, sanft, innig und einsam wie selten.

Danach lagen sie trotzig verkeilt ineinander, eine ganze Stunde lang.
Kurz nach dreiundzwanzig Uhr verabschiedeten sie sich.
Sie wünschte sich, dass dieser Tag nie enden wird, so wie sie es an allen Tagen zuvor vergeblich erhofft hatte. Deswegen legte sie Donald Fagens Platte erneut auf und schloss ihre Augen.
Hieß das Album „Nightfly"?
Die Platte „Nightfly" erschien doch vier Jahre später, oder?
Ein klares Nein.
Kurz vor Mitternacht brach die Stille in ihre winzige Welt ein.

Das klobige Stampfen von zwei Beinen im Treppenhaus wurde immer lauter. Lauter und bedrohlicher.
Ein gesichtsloser schwergewichtiger Mann stöhnte: „Wo ist nur der verfluchte Schlüssel?" Eine fremde Tür öffnete sich mit lautem Schlag. Dann wurde die Stille unerträglich.
Genau um Mitternacht rannte jemand von ihrer Küche zum Wohnzimmer.
Das Parkett knarrte von weit her, während sie in der Mitte eines dunkelgrünen Waldes in den Schlaf fiel.

Kapitel 28

Dienstag.
Der dritte Frühlingstag.
Beim Einsteigen in die überfüllte Straßenbahn bereute sie es, das Geschirr nicht schon gestern Abend abgespült zu haben. Dreißig Minuten später war sie für acht volle Stunden ein unspektakuläres Lebewesen in einem blitzblanken und lautlosen Chemielabor. Ihre berufliche Tätigkeit spielte keine tragende Rolle in ihrem Leben. Eigentlich könnte sie auch jeden beliebig anderen Beruf ausüben. Vor etwa zwei Jahren vertraute sie diese Tatsche beiläufig ihrer Freundin Anat an, während sie entspannt in ihrem Lieblings-Café im Hafen von Tel Aviv saßen.
Anats Reaktion war durch und durch israelisch. Sie rief mit völlig übertriebenem Entsetzen „Schiow, at Mamasch Metorefet!" - frei übersetzt, „Wow, du bist richtig meschugge."
Auf dem Heimweg von ihrer Arbeit, in der gleichen U-Bahn wie heute Morgen, kann sie sich plötzlich ein Schmunzeln nicht verkneifen. Die schwergliedrige Ausländerin mit dem blauen Kopftuch, die ihr gegenüber sitzt, lächelt zurück. Es ist ein multikulturelles Missverständnis der freundlichen Art.
Beim Aussteigen aus der U-Bahn in der Eckenheimer Landstraße war sie sich ziemlich sicher, dass Anat der einzige Mensch auf Erden war, den sie je beneidet hatte. Zehn Jahre später wurde ihr klar warum. Anats übertriebene Reaktion auf ihre Beichte im Hafen von Tel Aviv war beseelt von einer gesunden Verdrängungskraft. Die heftige und zugleich theatralische Reaktion ihrer Freundin ist eine typische Charaktereigenschaft vieler Israelis. Geboren aus der täglichen Flut an Hiobsbotschaften. Die jeweilige Katastrophe muss so schnell wie möglich verarbeitet oder verdrängt werden, damit eine Atempause entsteht, bevor

sich die nächste Katastrophe anbahnt. Sie weigerte sich aus moralischen Gründen, diese Haltung zu ihrer eigenen zu machen und blieb deswegen eine chronische Grüblerin und eine waschechte "Jekin".

17 Uhr und dreißig Minuten. Vor dem Eissalon erstarrt die obligatorische Warteschlange, die nur scheinbar aus den immer gleichen dreizehn bis zwanzig sprach- und emotionsarmen Individuen besteht. Es ist Frühlingsanfang, und deshalb reiht sie sich schweigend in die Reihe ein. Das kollektive Schweigen in der Warteschleife beschert ihr einen unerwarteten Anflug von Leichtigkeit.

Als sie dann vor dem Eisverkäufer stand, hätte sie den jungen Italiener beinahe in Hebräisch gefragt „Ma hainjanim, Luigi?" – frei übersetzt „Wie stehen die Dinge, Luigi?"

Sie bestellte sich je eine Kugel Vanille, Schokolade und Pistazie und nahm auf einem der freien Tische vor dem Eissalon Platz, weil die anderen es auch so taten.

Zutiefst gelassen, wie sie es in Mutters Anwesenheit nie gewagt hätte, genoss sie das süße Eis. Gleichzeitig nahm sie die erfreuliche Tatsache wahr, dass es ihr immer noch gut ging. Fünf Minuten später fragte sie sich, warum nur? Warum war sie seit drei Tagen ununterbrochen glücklich? Sie vertiefte sich vehementer in das kühle Vergnügen und tatsächlich gelang es ihr, diese Frage erfolgreich zu verdrängen.

Die Spuren der Glückseligkeit in einer Trend gläubigen Gesellschaft werden sich am Ende des Frühlings wieder verflüchtigt haben. Dann wird sie sich zwangsläufig auf eine Reise begeben, die ihr schon in der Vergangenheit nicht gut tat. Das klar markierte Ende ihrer Flucht konnte ihrer Freude an der Wiedergeburt der Sonne nichts anhaben. Als Belohnung für ihre noch anhaltende Lebensfreude

gönnte sie sich im Supermarkt eine sündhaft teure, prächtige Ananas aus Südamerika.
Der Linoleumgeruch im Treppenhaus drohte sie in ein Gemütstief zu stürzen. Sie rannte die Treppen empor. Kurzatmig öffnete sie die Wohnungstür und verriegelte sie hinter sich, legte die Plastiktüten auf den Boden und atmete tief durch. Dann hielt sie ihren Atem kurz an. Nichts hatte sich geändert, es ging ihr immer noch gut.
Das junge Paar, das eine Etage tiefer wohnte, hatte vor wenigen Monaten ein Kind bekommen. Seit einer Woche brach der Winzling jeden Abend genau um sieben Uhr in ein erstaunlich kräftiges Geschrei aus.
Eine halbe Stunde später wurde es im Wohnhaus in der Keplerstraße wieder still. Sie bereitete sich einen grünen Salat zu und schaltete das Radio an, weil die Stille sie allmählich beunruhigte.
Kurz nach neun Uhr, des günstigen Nachttarifs wegen, klingelte das Telefon. Es schien, dass ihre Glückseligkeit sogar ihrer Mutter nicht verborgen geblieben war. Die Stimme klang so nahe und zartfühlend, als ob sie ihr gegenüber säße. Selten zuvor übermannte sie so stark der Drang, ihre Mutter endlich zu bitten, für wenige kostbare Minuten ein kleines winziges Fenster zu ihren tiefsten Geheimnissen zu öffnen.
„Und Kindchen, ist alles in Ordnung bei dir?"
„Ja Mutter, alles in bester Ordnung."
„Brauchst du Geld oder irgendwas?"
„Nein, Mutter."
„Bist du sicher?"
„Ja, Mutter, ich bin ziemlich sicher."
„Und die Sache mit der Krankenversicherung?"
„Längst erledigt."
„Also brauchst du die Medikamente nicht zu bezahlen?"
„Nein, Mutter."
„Ich soll dich von deinem Vater grüßen."

„Grüß ihn ganz lieb zurück."
Nach genau sieben Minuten versprach sie ihrer Mutter nicht zum letzen Mal hoch und heilig, dass sie ohne zu zögern ihre Habseligkeiten in zwei Koffer packen und unverzüglich zurück nach Israel fliegen würde, sobald sie keinen Gefallen mehr am Leben in Deutschland fände.
Ihre Mutter beendete das Gespräch ihres Versprechens zum Trotz mit den Worten „Aber vergiss es niemals Tochter, du hast eine Heimat hier in Israel. Pass auf dich auf, mein Kind. Schalom, und bis zum nächsten Mal."

Um halb zehn rief Esther an. Nur zwei Minuten später war ihrer deutsch-jüdischen Freundin klar geworden, dass sie eigentlich keinen triftigen Grund hatte, um mit ihrer israelisch-jüdischen Freundin zu telefonieren. „Wir sehen uns sowieso am Sonntag.", beendete das Gespräch verlegen und legte den Hörer auf.
Einen langen Moment danach blieb sie neben dem stummen Telefonapparat sitzen.
Wenige Minuten nach elf zog sie sich nackt vor dem Fenster in ihrem Wohnzimmer aus und betrachtete die Straße, so wie sie es öfter tat.
Milchige Dunstschwaden flatterten entlang der Keplerstraße hin und her. Wieder und wieder.
Ein sanfter und rätselhafter Ableger ihrer eigenen großen Stille drang beinahe unbemerkt in ihre sechzig Quadratmeter große Insel. Die Sicht draußen klärte sich auf.
Von den Nebelbänken blieb keine Spur übrig. Vor dem Fenster erstreckte sich eine gewöhnliche Seitenstraße, die sich auch in hundert anderen deutschen Städten befinden konnte, und die Nacht verlor vorübergehend ihre Geheimnisse.
Kurz vor Mitternacht hätte sie beinahe mit Wolfgang telefoniert. Wolfgang war ihr deutscher und nicht ihr israeli-

scher Freund. Hatte sie deswegen nicht gewagt, ihn zu dieser späten Nachtstunde anzurufen?

Mit einer vollen Minute Verspätung rannte ein unbekanntes Wesen von der Küche in das Wohnzimmer. Sie hörte es deutlich aus ihrem Versteck unter der warmen Decke.

In der Mitte des Wohnzimmers verlangsamten sich die Schritte. Spielte es für einen kurzen Moment mit dem Gedanken, in ihr Schlafzimmer zu kommen? Es beschleunigte seine Schritte erneut, und anschließend vibrierte das Fenster in der Nordwand ihres Wohnzimmers laut. Hatte es das Fenster geöffnet? Sprang es aus dem weit geöffneten Fenster oder wollte es sich nur für ein paar Minuten mit der fremden Nacht verschmelzen, so wie sie es öfter zu tun pflegte?

Warum war sie sich so sicher, dass es ein Mann und keine Frau war?

Weil das Parkett so laut knarrte, deswegen.

„Aber Wolfgang behauptete, Holz arbeite ständig, sogar Jahrhunderte nach seiner Rodung."

Fünf Minuten nach Mitternacht fiel sie in einen tiefen Schlaf, bewacht und beschützt von ihrem schönsten Frühling.

Kapitel 29

Mittwoch.
Der vierte Frühlingstag. Sieben Uhr morgens.
Es regnet fortwährend kübelweise vom Himmel.
Heute wachte sie schon kurz vor sechs Uhr auf, stand vor dem Fenster und betrachtete leicht erschreckt die sintflutartigen Wassermassen, die die Stadt zur frühen Morgenstunde überfielen.
In Israel regnet es nie im Frühling.
„Stimmt nicht ganz!"
Emigranten sind anscheinend dazu verdammt, immer Vergleiche zur alten Heimat anzustellen. Ein sinnloses und dennoch unvermeidliches Unterfangen.
„Ob es einen Sinn hat, sich immer wieder die gleiche Fragen zu stellen?"

Beim Duschen zirkulierte in ihrer Gedankenroute immer das gleiche Mantra „Der Regen soll aufhören, der Regen soll aufhören."
Kurz bevor sie ihre Wohnung verließ, hörte plötzlich der Regen beinahe schlagartig auf, wie einem geheimen Signal des Himmels folgend. Eine undurchdringlich blaue Farbe erstreckte sich strahlend über die Stadt.
Draußen begegnete ihr die Keplerstraße sauber, schimmernd und feierlich, wie ein Kind nach einem ausgiebigen Bad, kurz vor dem Beginn einer gelungenen Geburtstagsfeier.
In sich gekehrte Menschen gingen eilig und im Gleichschritt ihrem Broterwerb nach.
Spätestens als die Türen der U5 sich hinter ihrem Rücken schlossen, war ihr klargeworden, dass sie den heutigen Tag auf keinen Fall im Labor verbringen wird.

An der Konstablerwache stieg sie aus der U5 und nahm den ersten Zug, der zur Hauptwache fuhr. Von dort stieg sie in die U-Bahn nach Oberursel.
Sie wagte es kurzfristig einen vollen Arbeitstag sausen zu lassen. So eine trockene „Jekin" war sie wohl doch nicht.
Der breite Himmel über dem Taunus erstreckte sich makellos in einem Mittelmeerblau bis in alle nur erdenklichen Winkel des Universums. Die Orte, die an dem Zug vorbeieilten, strahlten eine reine Unschuld aus.
„Unschuld!"
Gibt es in Deutschland nur vierzig Jahre nach dem großen Krieg irgendeinen unschuldigen Flecken Erde?
Wenn sie nur endlich wüsste, warum die angriffslustigen Armeen ihres Zweifels ständig auf sie lauerten, stets bereit ihre Lebenslust niederzustechen. Wieder und wieder.
Die Fahrt wurde immer länger und bedrohlicher.
In Oberursel verließ sie fluchtartig den Zug.
Als sie kurzatmig den Übergang von der Wohnsiedlung zum unbewohnten Wald überquerte, gewann sie erneut die beinahe verlorene Zuversicht, dass ihre Glückseligkeit bis zum Sommerbeginn andauern würde.
Tief im Wald atmete sie erleichtert den Duft des feuchten Unterholzes. Sie betrachtete zutiefst berührt tausende von Lichtsplittern, die sich grazil wie Balletttänzer im vernebelten Wald formierten.
Nach einer Stunde tief im deutschen Wald waren ihre Schuhe völlig durchnässt und ihr war klargeworden, dass sie ihre Eltern in Tel Aviv vermisste.
Das Volk Israels war vierzig Jahre in der Wüste Sinai umhergeirrt. Sie irrte nur seit zwei Stunden im feuchten Wald umher und fühlte sich allmählich erschöpft.
Vor zwanzig Minuten hatte sie fatalerweise den linken Waldweg genommen. Wäre sie nach rechts gelaufen, stünde sie jetzt nur wenige hundert Meter vor dem Waldlokal.

Nein, sie wird nicht zurückkehren. Sie wird einfach weiterlaufen, soweit ihre völlig durchnässten Füße sie tragen werden.

Ein hauchdünner Schweißfilm machte sich auf ihrem Gesicht breit, als sie zwanzig Minuten später lächelnd vor dem Schild „1,5 km zum Fuchstanz" stand.

Sie hatte sich nicht verlaufen. Die verlorene Route erstreckte sich ganz woanders, irgendwo zwischen Tel Aviv und dem zweiten Weltkrieg.

Im Café weilte noch kein Gast.

Erleichtert setzte sie sich an ihren Lieblingstisch mit dem Rücken zur Theke, den Blick zerstreut auf das Fenster gerichtet und von dort auf einen Waldweg, der sich slalomartig zwischen vielen Bäumen schlängelte.

„Guten Tag, wollen Sie etwas bestellen oder soll ich später wiederkommen?"

Sie dachte ihre Antwort auf Hebräisch und sprach sie auf Deutsch.

Sie bestellte sich einen heißen Erbseneintopf, starrte den Waldweg an und wünschte sich, dass noch mehr Gäste sobald wie möglich im Lokal eintreffen sollten.

„Na bitte."

Zwei ältere Damen erschienen am sichtbaren Ende des Weges.

Die Frau mit dem grünen Mantel sah ihrer Mutter nicht unähnlich. Die beiden marschierten in unerschütterlicher Eintracht. Sie sind wahrscheinlich schon seit mindestens einem halben Jahrhundert befreundet.

Die älteren Damen betraten das Lokal, grüßten freundlich die Kellnerin hinter der Theke und setzten sich genau an den Nachbartisch.

Sie wird auf keinen Fall deren Gespräch belauschen!

Die beiden bestellen sich ausgerechnet Erbseneintopf!

Beinahe brach sie in einen Lachanfall aus.

Fünf Minuten später schlürften die einzigen Besucher im Lokal, drei Damen an der Zahl, aufgeteilt auf zwei benachbarte Tische, jeweils heißen Erbseneintopf.
„Hm, köstlich!"
„Geht so."
„Schmeckt es dir nicht."
„Ich finde, die Suppe ist nicht übel, aber für meinen Geschmack etwas zu scharf."
„Das finde ich überhaupt nicht. Die Suppe ist genau richtig gewürzt."
„Na ja, die Geschmäcker sind eben verschieden."
„Es hat auch mit so etwas wie Mut und Lust auf Neues zu tun."
„Was hat das Ganze mit Mut zu tun? Die Suppe ist einfach zu scharf."
Sie fand die Suppe eher zu lasch gewürzt.
Wer ist sie?
Rachel Gur aus Tel Aviv.
Saß sie vielleicht mit den beiden Frauen an einem Tisch zusammen?
Nein!
Also.
In das Geschehen am Nachbartisch durfte sie sich nicht mal gedanklich einmischen.
Die Sonne bemühte sich zur Mittagszeit, die Erde mit ihrem Licht aus allen erdenklichen Winkeln zu beglücken.
Das Lokal war mittlerweile gut besucht. Die alten Damen vom Nachbartisch hatten sich vor etwa zehn Minuten höflich von ihr verabschiedet und fügten sich lautlos in die Vergangenheit.
Vergangenheit!
Die vor dem Krieg oder nach dem Krieg?
Die beiden waren doch über siebzig Jahre alt. Rein rechnerisch gesehen befanden sie sich bereits im Erwachsenenalter, als der Krieg begann.

Standen sie auch am Straßenrand mit tausend anderen arisch-blonden Männern, Frauen und Kindern und bejubelten frenetisch den in einem schwarzen Mercedes-Cabrio vorbeischwebenden Führer?
Haben sie Juden denunziert oder vielleicht selbst getötet?
„Nein!"
Wieso nein?
„Die beiden älteren Damen waren doch so freundlich gewesen. Sie bestellten sogar die gleiche Suppe wie du. Die Frau mit dem grünen Hemd sah deiner Mutter doch so ähnlich."
Mutter mochte auch keine Gewürze, außer einer Prise schwarzen Pfeffer und ganz wenig Salz wegen des hohen Blutdrucks.
Können sich Opfer und Täter ähneln, oder sogar nach Jahrzehnten eine seelische Verwandtschaft aufweisen?
„Ihr Juden seid innerlich noch immer auf der Flucht." Ein typischer Satz aus Adnans Sprücheschatulle. Lieb gedacht und letztendlich doch sarkastisch stichelnd gemeint.
Sie vermisste ihre Eltern und noch mehr den Araber. Den gelockten jungen Mann mit dem unzerreißbaren Draht zur Gegenwart, auch wenn es streckenweise seine ganz eigene palästinensische Gegenwart und nicht die ihre war.
Sie bezahlte ihre Rechnung und verließ friedlich das Lokal. Es ging ihr wieder gut, weil Adnan sie zielsicher zum Bahnhof geführt hatte.

Genau um acht Uhr abends klingelte Wolfgang an ihrer Tür. Er umarmte sie kurz und setzte sich resigniert auf das Sofa. Ein Arzt, der an jenem Frühlingstag eine Schlacht von vielen gegen den Tod verloren hatte. Schweigend saß sie neben ihm und lauschte jedem einzelnen seiner Atemzüge. Nach nur dreißig Minuten stand er auf, küsste sie auf die Stirn und verabschiedete sich lautlos aus ihrem Frühling.

In dieser Nacht konnte sie den gesichtslosen Mann, der zu jeder Mitternachtsstunde durch ihre Wohnung rannte, nicht hören, weil Leonard Cohens väterlich tröstende Stimme sie zehn Minuten vor Mitternacht sanft in einen tiefen Schlaf gesungen hatte.

Kapitel 30

Donnerstag.
Der fünfte Frühlingstag.
Sollte sie zur Arbeit gehen oder einfach im Bett bleiben? Was für eine Frage, selbstverständlich wird sie in genau fünf Minuten aufstehen und wie jeder anständige Bürger zur Arbeit gehen. Basta!
„Also, letztendlich bist du doch eine verkrampfte, morbide, Jekin."
Beim schnellen Kaffee in ihrer Küche stellt sie fest, dass ihre Wohnung zuweilen noch immer nach frischer Wandfarbe riecht.
Heute versteckt sich die Sonne hinter einer massiven grauen Wolkendecke, aber der Frühling ist in ihrem Herzen allgegenwärtig. Die Menschen, die in die U-Bahn steigen, spüren es vermutlich auch, aber trotzdem verbirgt sich deren Lebensfreude hinter ausdruckslosen Masken.
„Vielleicht irrst du dich und nicht zum ersten Mal."
Die U-Bahn taucht in die Tiefe. Ein Sitzplatz mit Fenster verwandelt sich unter der Erde zu einem äußerst beruhigenden Ort. Man betrachtet unbeteiligt vorbeirollend spärlich beleuchtete, schwarze Tunnelwände und trostlose Gleisabzweige, die zu unvorstellbaren Orten führen. Die Glasscheibe reflektiert immer wieder das eigene Ebenbild. Verloren und identitätslos auf sich selbst starrend.
„Ist das in Israel anders?"
In Israel gibt es keine U-Bahn.
Sie kann an der Station Konstablerwache aussteigen und die U-Bahn zur Hauptwache nehmen. Dort wird sie in die Linie 3 nach Oberursel steigen.
„Es ist zu spät."
Am Arbeitsplatz fragt ihre Kollegin sie, ob es nicht besser wäre, wenn sie zuhause bliebe, um sich vollständig zu kurieren. Wie nett. Beinahe hätte sie Frau Hüpferling die

Wahrheit gebeichtet. Sie, Rachel Gur, die geschätzte nette Kollegin aus Israel, war überhaupt nicht krank. Lediglich hatte sie ihrem Wunsch nachgegeben, dem Frühling hautnah in der Natur zu begegnen, ohne Rücksicht auf moralische Verpflichtungen gegenüber ihrem Arbeitgeber.
Zur frühen Abendstunde wiederholte sich die Fahrt unter der deutschen Erde in die Gegenrichtung.
Vor dem Eissalon steht wieder die gleiche Menschentraube vom Vortag. Ob es sich doch um andere Menschen handelt?
„Selbstverständlich!"
Sie stellt sich an das Ende der Warteschlange, um mit Staunen festzustellen, dass sie keinen einzigen Menschen kannte. Als sie vor dem Eisverkäufer stand, bestellte sie nur einen Espresso und setzte sich an den gleichen Tisch wie beim letzten Mal.
„Deutschland ist das Land der tausendundeinen Wiederholungen." Eine typische Perle aus Wolfgangs Existenzialisten-Schatzkiste.
Destruktiv. Sarkastisch.
„Und dennoch brillant!"
Bei Eis Cristina schmeckte der Espresso vorzüglich.
„Willkommen in der Gemeinde der zahmen Mitschwimmer!"
Provokant und unerträglich selbstbewusst, so ein Kommentar konnte nur von den sinnlichen Lippen eines Arabers namens Adnan stammen.
Alle diese unbekannten Menschen, die noch immer geduldig vor der Eisdiele standen, als sie wegging, sahen denen vom letzten Mal doch sehr ähnlich.
Sie hatte sich heute nicht zum ersten Mal mit dieser nur scheinbar belanglosen Frage beschäftigt, nur um eine entscheidende Tatsache zu verdrängen, der einzige Mensch, der in den letzten Tagen immer zur gleichen Zeit in der

Schlange vor dem Eissalon gesichtet wurde, war kein geringerer als sie!

Manche Gedanken produzieren Wiederholungen, die immer wieder in die gleiche Sackgasse münden.

„Wen, in Gottes Namen, juckt das, Ruchale?"

Im Supermarkt fühlte sie sich erneut mit Wolfgangs These über die tausendundeinen Wiederholungen konfrontiert. Käufer und Verkäufer scheinen stets darum bemüht, den vermeintlich gelungenen Tag von gestern detailgetreu zu wiederholen. Nein, hier wird sie sich nicht lange aufhalten.

Im Treppenhaus in der Keplerstraße überfiel sie ein unerträglicher, aufdringlicher, synthetisch-süßlicher Duft von Shampoo. Der Hausmeister duschte immer zum gleichen Zeitpunkt am Abend, niemals morgens. Der kurze Gedanke über den merkwürdigen Mann, der gerade nackt unter der Dusche stand, verlieh ihren Füßen eine erstaunliche Leichtigkeit. In wenigen Sekunden stand sie kurzatmig vor ihrer Wohnungstür.

Dem Schlüssel, nach dem sie fieberhaft in ihrer Handtasche suchte, gelang es sich einen langen Moment vor ihren hektisch suchenden Fingern zu verstecken.

Zum Glück schaffte sie es ihre Wohnungstür zu öffnen und hinter sich rechtzeitig zu verriegeln, bevor der künstliche Zitronenduft samt der Aura des nackten Hausmeisters in ihre Wohnung drang.

Sie verstaute ihre Einkäufe in der Küche und legte sich erleichtert auf das Sofa im Wohnzimmer.

Eine blasse Sonne erschien zu einem späten, aber kostbaren Gastspiel am Himmel. Einen bis zum letzten Tag so lebensbejahenden Frühling wird sie nie wieder erleben. Umso mehr freute sie sich auf die verbleibenden Wochen.

Wolfgang hat sie für heute Abend zum Kino eingeladen. Sie werden zum Weintrinken in das Lokal gehen, in dem sie sich vor wenigen Monaten zum ersten Mal begegnet waren. Darauf freute sie sich sehr. Ja, sie liebte das Medi-

um Film, so wie alle israelischen Kinder der Fünfziger und Sechziger Jahre. Nirgendwo fühlte sie sich auf der Flucht so geschützt, wie im verdunkelten Kinosaal.
Kurz vor acht Uhr abends trafen sie sich vor dem Kino.
Er umarmte sie trotz seiner großen Statur erstaunlich zart und leicht. Ihrem „German Boy Friend" ging es heute Abend blendend. Der Frühling zog auch den deutschen Zweizentnermann in seinen hellen und lebensbejahenden Sog, aber nur für dieses einzige Mal.
Im Kino saßen nur zwei Paare. Eine ernüchternde Begebenheit wie der zu lange Werbeblock vor dem Hauptfilm.
Nach zwei Stunden befanden sie sich erneut in der Realität jenseits des Kinosaales.
Der Film gefiel Wolfgang nicht sonderlich. Den Spielregeln nach musste sie in der nun folgenden Diskussion eine Gegenmeinung vertreten. Das tat sie immer, wenn sie mit Männern ins Kino gegangen war. Vielleicht brauchte sie diese im Grunde harmlose Konfliktsituation, nur um so etwas wie eine lebendige Streitkultur zu erleben. Bei ihren Eltern war jede Form einer Auseinandersetzung verpönt.
Kurz vor dem Erreichen des Lokals waren sie sich doch einig, dass der Film, milde formuliert, eine leichte und völlig verzichtbare Kost gewesen war.
Das Lokal im Frankfurter Nordend platzte aus allen Nähten. Mitte der Achtziger war die linke Szene in diesem Stadtteil noch äußerst lebendig. Deutschland durchlebte eine politische Periode, von der sie sich in ihren Frankfurter Jahren stets distanzierte. Wolfgang hatte diese Szene in ihren ersten Begegnungen als nicht authentisch und verkrampft demokratisch beschrieben
Sie setzten sich an die Theke, nur zwei Stühle von dem Platz entfernt, an dem sie sich zum allerersten Mal begegnet waren.
Er schaute sie an, las ihre Gedanken und lächelte ihr einen kurzen, aber kostbaren Moment zu.

Fünf Minuten schwiegen sie, des allgemeinen Lärmpegels wegen.

„Habt ihr tatsächlich nur deswegen geschwiegen?"

Sie taten es eigentlich, weil sie ihre befristete Innigkeit nicht mit den jüngeren Männern und Frauen teilen wollten, die dem Irrglauben verfallen waren, auf einem politischen Trend segelnd der Schmach der Untaten ihres Volkes entfliehen zu können.

Mit silbernem Schimmern in seinen blauen Augen sprach Wolfgang über seinen Wunsch, eines Tages eine kleine Autowerkstatt für Oldtimer zu eröffnen. Dieser Traum wird ihn bis zu seinem vorhersehbaren letzten Tag als lebendiger Mensch auf deutscher Erde begleiten. Sie hatte keine Visionen, die eine bessere Zukunft versprechen konnten. Deswegen empfand sie so viel Liebe und Verständnis für seine Träume.

Nach einer knappen Stunde verließen sie das Lokal und die hitzig diskutierenden Männer und Frauen unter den grauen Rauchwolken. Das Szenario glich einem flüchtigen Ereignismosaik, das sie und Wolfgang nur als Außenstehende betrachten durften.

Draußen warteten auf sie nur noch sechzig Minuten des alten Tages.

Nur eine halbe Stunde später liebten sie sich auf ihrem Sofa. Hautnah. Viel zu nah. Nur einen einzigen Krieg entfernt voneinander.

Den letzten Atemzügen eines sterbenden Tages begegneten sie gemeinsam im Bett. Ein Mann und eine Frau, deren Eltern unglücklicherweise aus dem gleichen Land stammten.

Genau um Mitternacht lauschten sie gemeinsam dem gesichtslosen Wesen, das barfuß durch ihr Wohnzimmer rannte.

Das Parkett knarrte lauter denn je, anschließend flatterten die Fensterflügel.

Sprang er in die schwarzen Arme der großen Freiheit, oder steht er mit geschlossenen Augen vor dem offenen Fenster und lässt die Nachtkühle sanft an seinem verschwitzten Gesicht entlang streifen?
Wie sah er aus?
Wie alt war er?
Was ist, wenn es doch eine Frau wäre.
Sie bildete sich ein, von Todesangst geprägte schwere Atemzüge gehört zu haben.
Nein, sie war sich sogar sicher!
„Holz lebt und bewegt sich ständig. Sogar Hunderte von Jahren nach seiner Rodung", flüsterte ein Mann.
„Wie das kollektive Schuldgefühl eines Volkes noch Jahrzehnte danach", erwiderte eine Frauenstimme.

Kapitel 31

Freitag
Der sechste Frühlingstag.
Es ist kurz vor sieben Uhr morgens.
Wolfgang singt unter der Dusche, während sie das Frühstück zubereitet.
Sie deckt den Tisch und eilt zum Fenster.
Der Himmel über Frankfurt ist seit beinahe sechs Tagen wolkenfrei.
Aus dem Badezimmer tritt ein gut aussehender Mann, fast zwei Meter groß. Die funkelnden blauen Augen strahlen eine unendliche Güte für alles Leben auf Erden aus, außer für seines! Er lächelt ihr meilenweit entfernt zu. Es ist ein flehendes, liebendes und zugleich hilfloses Lächeln. Die zahme Geste eines unschuldigen Mannes, der sich in vier Jahren von der Geisel einer unermesslichen Sünde befreien wird.
Er läuft ihr entgegen, um sie für einen knappen und von Vergänglichkeit besessenen Moment liebevoll zu umarmen.
Beim Frühstück wirkte er traurig und haltlos wie ein Kind vor einer unliebsamen Klassenfahrt, in deren Verlauf er allnächtlich heimlich weinen wird.
Wenn er sie an jenem Morgen um ihre Hand gebeten hätte, wäre sie für alle Ewigkeit seine Frau geworden.
Draußen trennten sich vorübergehend ihre Wege. Er eilte mit langen Schritten dem Oederweg entgegen, sie stieg pünktlich in die überfüllte U-Bahn.
Heute Abend besucht sie gemeinsam mit Wolfgang einen Motorradbekleidungsladen. Er will ihr als vorzeitiges Geburtstagsgeschenk eine schwarze Lederkombi und einen schützenden Helm schenken.

Was für eine Vorstellung. Rachel Gur, völlig in schwarzes Leder gehüllt, auf einem Motorrad zitternd, sich an seinen breiten Rücken klammernd.
Er schneidet die Asphaltkurven immer schneller, tiefer und tollkühner. Vorbei an dunkelgrünen Wäldern und verschlafenen Orten. Sie werden diese Ausflüge jeden Frühling bis in den Herbst hinein zelebrieren, drei Jahre lang. Eine schöne und etwas merkwürdige Vorstellung. Vielleicht nur ein Anflug von wehmütigen Erinnerungen.
Ob sie sich tatsächlich in der Zukunft befand oder schwelgte sie tief in der Vergangenheit? Es spielte keine Rolle mehr.

Auf dem Weg zur Arbeit in der U-Bahn, auf den Spuren einer allmächtigen Wiederholungsschleife, zauberten die Erinnerungen ein zartes Lächeln auf ihr Gesicht.
„Ewige Wiederholung gleicht einer Flucht, die sich beim Scheitern zu einem Seelen vernichtenden Fluch verwandeln kann!"
Irgendjemand hatte dieses Zitat just in ihr Ohr geflüstert.
Wer war das?
„Es war eine Frau."

Von der U-Bahn-Station sind es genau vier Minuten Fußweg bis zu ihrer Firma.
Der Arbeitsplatz wäre der letzte Ort, den sie je versuchen würde wohnlicher zu gestalten. Ihre deutsche Arbeitskollegin denkt wohl anders. Nun sitzt sie seit vier Stunden in einem Labor, dessen Wände mit neunundzwanzig Familienbildern verziert sind. Ihre Kollegin, euphorisch lächelnd in ihrer Hochzeitsnacht, daneben steht beinahe verschämt, ein ziemlich überforderter, frisch gebackener Ehemann. Das ältere Paar unterhalb des Hochzeitsbildes sind die Eltern. Frau Graf sieht ihrem Vater leider verblüffend ähnlich! In Din-A4-Größe lächelt ein süßer Säugling in der

Mitte eines plüschigen Kuscheltierozeans. Das Bild vom Campingplatz in Griechenland wirkt authentischer als alle anderen Bilder. Dennoch sind die Bemühungen der netten Kollegin, ihren Arbeitsplatz schöner, ja sogar etwas familiärer zu gestalten, an der Realität eines seelenlosen Chemielabors mitten in der neu gegründeten Republik gescheitert.
Der Nachmittag dehnte sich in einem stündlichen Takt bis in die Unendlichkeit aus. Vier Mal.
Als sie um vier Uhr nachmittags das Labor endlich verließ, lächelte ihre Kollegin, noch immer bekleidet mit einem Hochzeitskleid, von der strahlend weißen Wand.
In der U-Bahn vermisste sie Tel Aviv so sehr, dass sie befürchtete ihr Hang zum ewigen Nachtrauern und Grübeln würde sie jetzt endgültig ihrer seit sechs Tagen anhaltenden Glückseligkeit berauben.
Am Merianplatz stieg sie aus der Linie U 4.
Vier Jahre lang bemühte sie sich erfolglos, die Logik der Aufteilung von Bornheim und Nordend in zwei verschiedene Stadtteile zu verstehen. Den Unterschied zwischen den beiden Vierteln begriff sie nie. In Tel Aviv spielten Grenzen keine nennenswerte Rolle.
Auf der anderen Seite der Wittelsbacher Allee winkt Wolfgang und sie läuft ihm in schnellem Schritt entgegen. Erleichtert und kindlich fröhlich.
Warum?
Weil es ihn gibt.
Womöglich, weil sie ihn liebt?
„Nicht grübeln. Lauf einfach nur schnurgerade in seine Arme."
Er umarmt sie vorsichtig. Viel zu kurz.
In dem Laden für Motorradbekleidung herrscht zum Frühjahr eine rege Betriebsamkeit.

Nach einer reichlich verschwitzten Stunde im Laden verlassen sie das Geschäft gemeinsam mit zwei großen Plastiktüten.
Rachel Gur wird morgen zum ersten Mal mit einer ihrer Ansicht nach penetrant stinkenden Lederkombi den Platz auf dem Motorrad hinter Wolfgangs breitem Rücken einnehmen, um gemeinsam zu versuchen, Sonntag für Sonntag in unzähligen Asphaltkurven dem endgültigen seelischen Stillstand zu entfliehen.
Den Weg zurück ins Nordend bestritten sie zu Fuß.
Vor dem Eissalon in der Eckenheimer Landstraße steht um sieben Uhr abends eine lange Warteschlange von lautlosen und reglosen Individuen. Dieses Mal ist sie sich ziemlich sicher. Es sind auf keinen Fall die gleichen Männer und Frauen von gestern.
Sie gesellten sich Hand in Hand wie zwei artige Schulkinder an das stille Ende der Wartenden. Beinahe fühlte sie sich dort so heimisch wie vor der Kasse der Cinemathek in Tel Aviv.
Den Cappuccino schlürften sie, jeder in sich gekehrt, jedoch ohne sich für eine einzige Sekunde aus den jeweiligen Wahrnehmungswinkeln zu verlieren.
Eis-Cristina, lag nur zweihundert Meter entfernt von ihrer Wohnung und war der einzige urbane Ort in Deutschland, der in ihr einen Hauch von Tel Aviv erweckte. Immer wenn sie befürchtete, der erstickenden Falle des ewig Fremden nicht mehr entweichen zu können, ging sie dorthin, um eine Prise heimatlicher Zugehörigkeit zu erhaschen.
Wolfgang bemerkte, dass es ihr gut ging. Er stand auf und ging lächelnd erneut zum Ende der Warteschlange. Nach wenigen Minuten kehrte er mit zwei heißen Tassen Cappuccino zurück. Sie flüsterte „Danke" und vertiefte sich wieder in die verborgenen Welten, in denen sich jeder leidenschaftliche Kaffeetrinker immer wieder so gerne ver-

liert. Eine halbe Stunde später verabschiedeten sie sich an der Ecke Eckenheimer Landstraße/Keplerstraße.
„Morgen um acht Uhr dreißig geht es los!", rief er merkwürdig heiter zum Abschied.
Vor der Eingangstür ihres Wohnhauses stand der Hausmeister. Es ging ihr gut, aber sie hätte in jenem Moment alle Güter dieser Erde geopfert, um dem Mann mit dem grauen Kittel nicht zu begegnen.
„Guten Abend, Frau Gur."
Sie erwiderte seine Grüße, so leise sie nur konnte, und beeilte sich, die Treppe zu ihrer Wohnung zu stürmen.
Kurz vor Mitternacht lag sie hellwach versteckt unter der Bettdecke.
Was würde sie tun, wenn irgendjemand jetzt vor ihrer Tür stünde?
„Irgendjemand, so einfach ein namenloses Lebewesen?"
Der Hausmeister!
„Der Deutsche mit dem grauen Kittel und der braunen Vergangenheit?"
Ja!
„Ein Mann, der aus dem Krieg heimkehrte ohne eine fassbare Präsenz, ohne Schatten, Zukunft und Vergangenheit?"
Ja, ja!
„Der einzige fremde Mensch auf Erden, der einen Schlüssel zu deiner Wohnung besitzt?"
Ganz genau.

Genau um Mitternacht knarrte das Parkett in ihrem Wohnzimmer lauter und länger denn je. Solange bis sie in eine unendlich tiefe Ohnmacht fiel.

Kapitel 32

Samstag
Der siebte Frühlingstag
Genau um acht Uhr klingelte Wolfgang an ihrer Haustür und stand wenige Sekunden später vor ihr. In seiner schwarzen Motorradbekleidung und dem bunten Halstuch sieht er wie ein Gladiator aus einer anderen Galaxie aus, dachte sie entzückt.
„Wie versprochen, meine Liebe. Draußen herrscht das perfekte Wetter für einen Ausflug mit meiner schwarzen Kuh.", sagte er fröhlich und umarmte sie.
Beim Frühstück erläuterte er ihr den genauen Verlauf der heutigen Fahrt. Ein Ritual, das sich in den nächsten drei Jahren noch vierzigmal wiederholen wird.
„Ach was, viel öfter!"
Woher stammt bloß diese flüsternde Stimme?

Seine Routenbeschreibung besaßen immer so viel Liebe zu den Details, dass es für sie selten einen Anlass gab, irgendwelche Fragen zu stellen.
„Nichts war in seinem Leben so perfekt organisiert wie seine Fluchtrouten."
Schon wieder diese fremde Frauenstimme.

„Wie du merkst, ist es zum ersten Mal nicht nur eine schweißtreibende Angelegenheit, sondern eine hautnahe Begegnung mit der Platzangst.", murmelte Wolfgang, während er ihr half sich in die noch steife Lederhose hineinzuzwingen.
Nein, sie spürte keine Platzangst. Sie war zu sehr beschäftigt mit dem Ekel, der sie übermannte, weil ihr Körper seit wenigen Minuten Unmengen von Schweiß absonderte.
Kritisch betrachtete sie sich im Spiegel.

Beschwichtigend sagte er: „Sobald wir frei gegen den Wind rollen, wird der lästige Schweiß in wenigen Minuten trocknen." Zum Schluss legte der Ritter aus der fernen Galaxie seine rechte Hand feierlich auf ihr linkes Schulterblatt, als ob er sie, Rachel Gur, die graue Chemielaborantin, nun offiziell in den erlauchten Kreis der unsterblichen Helden auf zwei Rädern aufnehmen wolle. Im Treppenhaus wünschte sie sich, dass der Hausmeister sie nicht in ihrer Ledermontur sehen würde. An diesem Morgen waren die Götter ihr gegenüber mild gestimmt. Die graue Tür der Wohnung im Erdgeschoss blieb verriegelt.
Während sie den Helm auf ihren Kopf setzte, erklärte er ihr die Vorzüge des sich nach außen und innen, und nicht nach oben und unten bewegenden Kolbens seines alten BMW-Motorrads.
Der Helm saugt sich wie ein autonomes Lebewesen selbsttätig auf ihrem Kopf fest. Ihr Blickfeld ist von jetzt an bis zum Ende der Fahrt durch eine dunkelgrüne gewölbte Plexiglasscheibe eingeschränkt. Außerdem ist sie sich ziemlich sicher, dass der Reißverschluss ihrer Lederhose dabei ist sich zu öffnen. Aber schon rollten sie in beängstigender Geschwindigkeit dem Alleenring entgegen. Je schneller und lauter sie vorwärts rollten, desto mehr ließ ihre anfängliche Angst nach.
Der Mann, an dessen breiten Rücken sie sich klammerte, schien für den Verlauf der Fahrt aus Stahl gegossen zu sein. Er strahlte eine beruhigende, beinahe göttliche Souveränität aus. Ja, er ist der Herr auf Leben und Tod zweier rastloser Seelen, die auf einem rätselhaften Pfad rollen. Eine Route, die in einer Kurve an einen Fluchtweg erinnert und in der nächsten Ausfahrt einem provokanten Duell mit der allmächtigen Vergänglichkeit gleicht.
Gerne hätte sie befreiend laut geschrien. In der kolossalen Lärmkulisse, die von rasenden Autos und dem bis zum

Limit getriebenen Motorrad erzeugt wurde, hätte keiner ihre Stimme gehört.
Zuhause in Tel Aviv durfte sie nie schreien, deswegen tat sie es auch jetzt lautlos.

„Das hast du aber äußerst selten getan."
Nein! Sie tat es fast jeden Tag.
„Maßlose Übertreibung."

Wolfgang bog seinen Oberkörper leicht nach rechts und lenkte das Motorrad in die nächste Ausfahrt.
„Auf Landstraßen und insbesondere in scharfen Kurven gleicht Geschwindigkeit einem puren Rausch der Sinne.", flüsterte Wolfgang ihr gestern Abend beim Abschied ins Ohr. Jetzt, bei der rasanten Fahrt dem Taunus entgegen, fing allmählich ihr verschwitzter Kopf an, die Bedeutung seiner Worte zu begreifen.
Sie wagte es, ihre an seinem Rücken klammernden Arme zu lockern und schaute auf die flüchtige Landschaft links und rechts von ihr.
Eine mächtige Welle aus purer Liebe zur grünen deutschen Landschaft und zu dem deutschen Mann, der den Lenker des Motorrads fest in seinen Händen hielt, überflutete sie.
Wenige Minuten später manövrierte er das Motorrad auf einen von unzähligen Bäumen bewachten Parkplatz.
Der Motor blubberte nur noch einen kurzen Moment. Dann eilte die Stille von allen Himmelsrichtungen herbei, um die beiden in schwarzes Leder gehüllten Gestalten am Waldrand an das vorläufige Ende ihres Fluchtweges zu erinnern.
Sie stieg von dem Motorrad ab. Der steinige Boden fühlte sich abweisend, seltsam hart und unbeweglich an.
„Willkommen zurück im Kreis der Sterblichen."

Er schaute sie lächelnd an und nahm ihre Hand. Sie liefen durch den Wald, und der Frühling meinte es noch immer gut mit ihr.
Ein wolkenfreier Himmel streckte sich bis weit hinter den Horizont. Es war schon der siebte sonnige Tag in Folge gewesen.
Kurz bevor sie das Waldlokal erreichten, blieb er stehen, ließ ihre verschwitzte Hand los und betrachtete zerstreut zuerst die Bäume und dann den blau gepinselten Himmel.
Als er sich zu ihr wandte und sie zum ersten Mal fragte, ob sie ihn liebte, dachte sie, dass seine Gestalt gleich unwiderruflich von der Vergangenheit beschlagnahmt werden würde. Sie bliebe dann einsam und ratlos im Wald stehen, bekleidet mit schwarzer Motorradbekleidung.
„Warum hast du mir nicht vor zehn Minuten diese Frage gestellt?", rief sie verlegen. Er lächelte kurz, nahm dann ihre Hand und führte sie zu einem Waldlokal namens „Fuchstanz".
An demselben Tisch hatte sie vor zwei Tagen alleine gesessen. Wolfgang blätterte in der Speisekarte. Sie vermisste ihre Spaziergänge am Strand von Tel Aviv.
Die gleiche höfliche Kellnerin von vorgestern kam an ihren Tisch, sie bestellten sich Streuselkuchen vom Blech und Milchkaffee.
Die zwei älteren Frauen vom Nachbartisch sahen den Damen von neulich verblüffend ähnlich. War sie tatsächlich erst vor zwei Tagen hier gewesen?
Hatte Wolfgang sie gerade gefragt, ob der Streuselkuchen schmeckt?

„Ja, das tat er."
Wer spricht da zu mir?
„Er wartet noch immer auf deine Antwort."

„Köstlich."

„Und wie schmeckt dir der Kaffee?"
„Für meinen Geschmack ist er etwas zu stark geraten."
„Soll ich für dich ein Kännchen Milch bestellen?"
Gerne hätte sie das Meer am Horizont entdeckt. Nein, gerne will sie hier und jetzt sein, weil der Frühling nicht ewig dauern wird.
„Ja, das wäre lieb von dir."
Ein blonder Mann Mitte dreißig fragte höflich, ob der Platz am einsamen Ende ihres Tisches frei sei.
„Ja, er ist frei, Sie können gerne dort sitzen."
Sie hatte diese Antwort lautlos gedacht, aber Wolfgang hatte an ihrer Stelle geantwortet.
Ihre Solidarität blieb vier Jahre lang stärker als ihre Liebe zueinander.

„Deswegen habt ihr euch doch letztendlich auch getrennt!"
Wer hat das geflüstert?
„Du!"
Spricht sie ihre Gedanken laut?
Befand sie sich gerade in der Zukunft oder in einer anderen Zeitdimension?
„Was für eine Rolle spielt das?"
Schwelgte sie in Erinnerungen oder befand sie sich noch immer in der Gegenwart? In jener Gegenwart, Mitte der achtziger, als ihr schönster Frühling sein seelenheilendes Licht Tag für Tag über den Taunus warf?
„Und wenn schon."

„Der Streuselkuchen schmeckt hier vorzüglich. Ich kann ihn wirklich nur empfehlen.", versprach Wolfgang dem neuen Tischnachbarn, während sie zu Toilette ging.
Ihr schönster Frühling droht sich in einen Tag zu verwandeln, traurig wie kein anderer. Schuld sind die drei Zeitdimensionen. Jede beansprucht ihren Frühling für sich. Die Vergangenheit, die Gegenwart und die Zukunft.

Die Damentoilette riecht nach künstlichem Pfirsichduft und Tierkadaver.
„Es ist ja ekelerregend."

Ihre Haare sehen wegen des engen Helmes völlig zerzaust aus. Wenn Tante Selda sie in diesem Zustand gesehen hätte.
„Du bist vielleicht eitel."
Dann bist du es auch!
Befand sie sich, Rachel Gur, in der Vergangenheit oder in der Gegenwart?
„Vielleicht in der ewigen Transitstrecke zwischen den drei Zeitdimensionen?"

In den vier Minuten, in denen sie sich im Toilettenraum aufhielt, der vom Geruch einer toten Ratte durchtränkt war, füllte sich das Restaurant bis zum allerletzten Tisch. Wolfgang reichte nur ein kurzer Blick, um zu bemerken, dass sie die Zeit vor dem Spiegel verbracht hatte. Er konnte aber nicht ahnen, dass sie ihren schönsten Frühling nach nur sieben Tagen beinahe für immer verloren hätte.
Eine Stunde später blubberte und vibrierte der Motor wieder unter ihrem Sitz. Mittlerweile gewann sie die Zuversicht, dass auch wenn sie sich nicht ständig an seinem Rücken festklammerte, der Wind sie nicht vom Motorrad fegen würde.
Als sie in die Altstadt von Limburg glitten, lehnte sie sich sanft an seinen Rücken.
In den kleinen malerischen Gassen irrten sie zu Fuß eine friedliche Stunde umher, bevor sie sich für eine gemütliche Weile in einem Café niederließen. Sie kannten das Café nicht und die Gäste kannten sie auch nicht. Deswegen war der Ort für eine Stunde das perfekte Versteck für zwei geflohene Seelen.

Später fuhren sie zurück zur Stadt, die sie vor vier Stunden verlassen hatten. Die Landschaft raste an ihnen in der umgekehrten Richtung vorbei. Zu allererst von Limburg bis zum Taunus und von dort nach Frankfurt.

„Drei Jahren später wird diese Reise fortgesetzt, hoch über den endlosen Wolkenfeldern, weiter von Frankfurt nach Tel-Aviv."

Heute Abend wird sie mit Wolfgang schlafen und morgen wird sie versuchen ihn zu überzeugen, bei ihr auch die Nacht zum Montag zu verbringen. Dann werden sie gemeinsam gemütlich frühstücken können.
Sie befand sich im glücklichen Anfang des schönsten Frühlings ihres Lebens. Vielleicht wird auch ein schöner Sommer folgen, und sie und Wolfgang werden sich niemals trennen.
Auch wenn er so sehr in das Dickicht seiner Zweifel verstrickt gewesen war, einen einsamen und frühzeitigen Tod hatte er nicht verdient.
Wieso Tod?
„Wolfgang lebt doch!"
Nein, Wolfgang ist tot.
„Wie lang ist der Arme denn schon tot?"
Er starb im vorherigen Jahrhundert.
„Für immer?"
Ja, für alle Ewigkeit.

Tel Aviv. August 2007.

Freitag. Drei Minuten vor fünf

Kapitel 33

Tel Aviv ist beklemmend leise geworden und so wird es bis zur späten Abendstunde bleiben. Dann wird sich das Vergnügungskarussel erneut drehen, schneller, bunter und verrückter. Die immer wiederkehrende Stille am Freitagnachmittag gleicht einem rein symbolischen Zugeständnis einer zutiefst weltlich gewordenen Weltstadt an den naherückenden Sabbat. Noch eine profane Opfergabe zu Ehren einer altertümlichen Religion, die zweitausend Jahre das Rückgrat eines leidens- und vertreibungsgeprüften Volkes bildete.
Allmählich wurde die Hitze erträglich, nur die Luftfeuchtigkeit blieb lästig wie eh und je mitten im August.
In drei Minuten wird ihr seit fünf Stunden andauernder Kollaps der Vergangenheit angehören, aber der nächste Sturz könnte am kommenden Freitag und vielleicht schon morgen erneut eintreten.
Nichts wird sich ändern in ihrem Leben.
Nichts!
Sie steht auf und läuft dem Sonnenlicht vier winzige Schritte entgegen, hebt ihren Kopf und schnuppert vorsichtig die Luft jenseits ihres Zwischenlagers.
„Lager?"
Nein!
Das ist ein Treppenhaus in einer modernen Stadt im gelobten Land.
„Nein."
Hatte sie das „Nein" laut gesprochen?
„Ja."
Tatsächlich?
„Ja."
Also, sie wird es noch einmal versuchen. Sie befindet sich in einem ganz gewöhnlichen Eingang eines Haus in Tel Aviv.

„Schon viel besser."
Dieses Haus steht in einer Stadt, die längst zu einer umzingelten Enklave in der Mitte des sogenannten gelobten Landes geworden war. Auf der einen Seite standen die Araber und auf der anderen Seite die religiösen Juden aus Jerusalem, New York und Gott weiß, von woher sie immer zahlreicher kamen.

Der Kadavergeruch im Hof war wie verflogen. Vielleicht hatte sie die Duftnote des toten Tieres inzwischen so sehr verinnerlicht, dass sie es nicht mehr wahrnehmen konnte. Geriet sie in eine Symbiose mit der toten Ratte hinter der großen Propangasflasche?
Ein leichter Ekelreflex drang in ihre Magengrube.
Sie liebte Tel Aviv seit dem ersten Tag, an dem sie denken konnte. Eine erbarmungslose einseitige Liebe.
„Eine Stadt kann die Liebe eines Menschen doch nicht erwidern, mein Schatz."
Wie Mutter und Vati es auch nicht tun konnten.
„Unterstehe dich!"
Es ist aussichtslos. Die laut denkende Rachel wird sie nicht mehr loslassen.
„Es ist aussichtslos jüdisch, ewig in der Wohin-Zone zu kampieren."
Von wem bloß stammt dieses Zitat?
„Vatis Manuskript?"
Ach was!
„Vielleicht Adnans Sprüche-Arsenal?"
Nein, es stammt aus einem Roman.
„Ein deutschsprachiger Roman?"
Ja, es war ein deutschsprachiger Roman.

Rachel setzt sich stöhnend auf die bequeme zweite Treppe und weint beinahe eine volle Minute. Möglicherweise ist sie traurig, doch das geht niemanden etwas an.

Sie vermisst ihren Vater, ihre Mutter und die Stadt, die ohne sie in einem atemberaubenden Tempo einem unruhigen Gewässer entgegen segelt.
Noch ein Zitat gefällig?
Gerne.
„Jeden Morgen erwachen Millionen von Israelis in einem Land, dessen Zukunft stets bedroht ist. Der Weg ist nicht mehr das Ziel, und die Religion ist nicht mehr das Volk."
Das war kein Beitrag, der aus dem Mund der laut denkenden Rachel stammte und gewiss kein Zitat aus einem der unzähligen Manuskripte ihres Vaters, des israelischen Vorzeigepatrioten. Diese pessimistische Weisheitsperle sprach vor etwa zwei Wochen in der Betriebskantine ausgerechnet Anat Schalev, ihre beste Freundin und bis dato eine mustergültig engagierte Israelin der ersten Generation.
„Alles stürzt oder bröckelt."
„Was nicht zu Ende gebaut ist, kann nicht mal stürzen!"
Von wem stammt bloß dieser pathetische Spruch?
„Von Vati."
Ja, den kann ich noch auswendig.
„Dann sag es."
Nein!
„Komm, leg' einfach los."
Dann halte deinen Mund für eine einzige Minute.
„Liebe Kameradinnen und Kameraden. Was noch nicht zu Ende gebaut ist, kann nicht mal stürzen. Kein Feind samt seiner Armee und seiner alltäglichen Drohgebärden kann uns am Weiterbau unserer neuen alten Heimat hindern."
Es war ein Auszug aus Vatis Rede in Beer Sheva, im Süden des Staates Israel, kurz vor dem Ausbruch des Sinai-Krieges. Sie war damals zu klein, um diesen Krieg wahrzunehmen. Allmählich ist sie zu alt geworden, um noch einen einzigen Krieg zu ertragen.
Der Wind der sich ändernden Zeiten fegte ihre Eltern, die ihr noch so viele Antworten schuldig geblieben waren, ins

Grab. Er blies sie aus ihrer Wohnung zwei Stockwerke tiefer in den stinkigen Eingang eines uralten und hässlichen Hauses aus den Entstehungstagen ihrer Stadt. Wäre sie bloß noch zehn Jahre in Frankfurt geblieben.
„Der arme Wolfgang würde vielleicht noch am Leben sein."
Das geht zu weit!
Rachel Numero zwei wird immer lauter und frecher.
Niemand trägt die Schuld für Wolfgangs Tod oder ihren Sturz im Treppenhaus.
Niemand auf dieser Erde ist schuldig oder verantwortlich für irgendetwas.
„Was bleibt uns dann am Ende?"
Vier prall gefüllte Plastiktüten mit Lebensmitteln!
„Und die zähe Einsamkeit. Woher und wann kam sie?"
Von nirgendwo. Sie war immer hier.
„Werden wir sie nie los?"
Leider nicht. Sie wird hierbleiben.
„Aber wie lang?"
Solange wir Juden sind.

Adnan wollte Dozent an der Universität von Tel Aviv werden. Heute verdient er sein Brot als Landwirt, tagelang auf einem rostigen Traktor sitzend. Sein schönes Gesicht ist von der Witterung zerklüftet worden wie die kahlen Felsen in der Negev-Wüste. Den feurigen Schimmer in seinen Augen löschten die unbarmherzige Sonne und die dahin schreitende Zeit.
Nein! Sie weinte noch nicht.
„Aber du tust es gleich."
Ich tue es, wann ich es will!
Ein brillanter Student war er. Der Araber war vielleicht der klügste Mann, dem sie je auf Allahs Erde begegnet war.
Jetzt aber weinte sie leise, ohne dass ihre ewig rotierenden Gedankenmühlen auch nur für einen einzigen erholsamen Moment stoppen konnten.

„Und Wolfgang?"
Wolfgang wäre ohne sein erworbenes Wissen ein schiffloser Matrose gewesen.
Wolfgang hasste seine Heimat.
In Adnans Hirn verbarg sich eine gewaltige Menge an analytischen Energien. Es gelang ihm, jedes Rätsel, das ihm begegnete, in Bruchteilen von Sekunden als banale und längst erforschte Wahrheit zu entlarven. Das Wissen, das ein gewöhnlicher Student mit viel Mühe und Zeitaufwand durch das Vertiefen in unzählige Werke von Gelehrten erlangen konnte, gewann er durch seine Fähigkeit mit wenigen Informationen Zusammenhänge von enormer Tragweite nachzuvollziehen, um sie anschließend präzise zu formulieren.
Abu Chaled, wie Adnan heute in seinem Dorf genannt wird, ging keinem politischen Konflikt aus dem Weg. Nach und nach verlor der glühende Verfechter von Palästina alle seine Gönner an der Universität von Tel Aviv. Die Vision einer Heimat für die Palästinenser blieb ein trauriger Traum, genau wie seine akademische Kariere.
„Haben Sie noch immer den Verdacht, ihren damaligen Geliebten Adnan als Vehikel benutzt zu haben, um sich von Ihren Eltern zu emanzipieren?"
Doktor Stadelmeiers typische Art, sich seelischen Knoten zu nähern. Stets unbequeme Wahrheiten mit Fragezeichen zu garnieren, mit Rücksicht auf den geistigen Verarbeitungsprozess des Patienten und die deutschen Umgangsformen.
„Wann war das?"
Es geschah in ihrer zehnten Sitzung.
„Wieso bist du dir so sicher, dass es ausgerechnet die zehnte Sitzung war?"
Nein, sie ist sich nicht sicher, aber was für eine Rolle spielt es nach all den Jahren?

Sie fing leise zu weinen an, ihr Therapeut vertiefte sich in das Eintragen von Notizen in sein blaues Büchlein.
„Hat Herr Stadelmeier je Mitleid mit dir gehabt?"
Darf ein Therapeut Mitleid mit einem Patienten haben?
„Ich kann nicht lieben. Keine Liebe in meinem Leben ist vergleichbar mit Adnans Liebe zu Galiläa.", flüsterte sie nach einer Weile des Schweigens. Herr Stadelmeier hob überrascht seinen schweren Kopf und murmelte völlig abwesend: „Die Zeit, Frau Gur, sie ist um."
Den Nachhauseweg bestritt sie trotz der klirrenden Kälte zu Fuß. Als sie die Tür ihrer Wohnung in der Keplerstraße hinter sich verriegelte, wusste sie den genauen Termin ihrer endgültigen Rückkehr nach Israel in genau drei Jahren und fünf Monaten.
Ihr Fluchtversuch nach Deutschland war sogar schon vor seinem Beginn zum Scheitern verurteilt gewesen und somit auch ihre Beziehung zu Wolfgang. Ebenso wie ihre Liebe zum Taunus und dem Versuch, bei Eis Christina an manchen sonnigen Frühlingstagen einen Hauch von Tel Aviv zu fremdem Leben zu erwecken.
„Und der bescheuerte fünfstündige Aufenthalt hier im Treppenhaus?"
Der hat den gleichen unerklärlichen und dennoch wertvollen Gehalt wie ihre vierjährige Therapie bei Doktor Stadelmeier.
„Also bleiben wir beide hier nur noch vier Jahre minus fünf Stunden!"
Warum nicht, wenn es nötig ist.
Den beiden Rachels ist wenige Minuten vor fünf Uhr Nachmittag zum Lachen zu Mute, aber sie tun es nicht.

Kapitel 34

Zwei Minuten vor fünf Uhr.
Wie fast jeden Freitagnachmittag widmete sie sich den Erinnerungen an ihren verstorbenen Vater. Heute drehten sich ihre Gedanken schon seit den frühen Morgenstunden um ihren Vater

Sie steht auf, wendet sich der Plastiktüte mit der Bezeichnung „Sakit Schalosch" zu, holt eine grüne Packung Kaugummis hervor und hält sie vor ihre Nase.
Minze. Ein künstlicher Minzeduft breitet sich in ihrem Geruchssinn aus. Es ist noch immer der gleiche unverwechselbare, sterile und dennoch euphorisierende Geruch von damals.
Jeden Freitag kaufte sie sich Minzekaugummis, obwohl sie seit zehn Jahren wegen ihrer Zahnkronen das Kauen von Kaugummis vermied. Weil sie Abschiede jeglicher Art zutiefst verabscheute, entsorgte sie schweren Herzens am Ende jedes Quartals die gesammelten Packungen, zwölf an der Zahl.
Als sie Kind war, bekam sie immer kurz vor Sabbat von ihrem Vater am Kiosk an der Ecke Shderot Rothschild-Mahzestraße, eine grüne Packung Minzekaugummis geschenkt. Diese Geste barg in sich den kostbaren Hauch einer begreiflichen Intimität zwischen Vater und Tochter. Ihre Mutter rümpfte die Nase und seufzte jeden Freitag aufs Neue: „Damit verdirbst du dir noch deine schönen Zähne, Kindchen." Vati hob seinen Kopf über seiner Wochenendzeitung hervor und schenkte seiner Tochter das schlitzohrige Lächeln eines treuen Komplizen, um sich anschließend erneut sichtbar amüsiert in den politischen Teil der Zeitung „Haaretz" zu vertiefen.
„Liebe Kinder! Ein Abschied, so traurig wie er manchmal auch ist, bedeutet zugleich einen Neubeginn."

Noch ein floskelhaftes Zitat.
„Es stammt aus der Abschiedsrede des Schulleiters in der Grundschule."
Wie hieß er?
„Doktor Sela."
Wie war sein Vorname?
„Doktor Israel Sela hieß er."
Wenn ein Neubeginn immer wieder misslingt, ist es dann nicht verständlich, dass manche Menschen sich zu fanatischen Abschieds- und Veränderungshassern entwickeln?
„Aber nicht Tante Selda?"
Ihre Tante war wohl die größte Ausnahme unter Israels Himmel. Sie wechselte ständig ihren Arbeitsplatz und ihre Wohnung.
„Ihre Kleider und ihre Frisur auch."
Tante Selda wählte sogar bei jeder Wahl eine andere Partei. Eine Tatsache, die ihren Vater öfter zur Weißglut gebracht hatte. Als sie mal gebeichtet hatte, der Likud-Partei in der gerade zu Ende gegangenen Wahl ihre Stimme gegeben zu haben, platzte Kamerad Gur endgültig der Kragen.
„Mit Verlaub, meine Liebe, wie lange kennen wir uns schon?", fragte Vati und führte seinen Monolog ungewöhnlich leidenschaftlich fort, bevor ihre Tante antworten konnte.
„Seit vierzig Jahren! In dieser halben Ewigkeit hast du deine politische Meinung hundertmal gewechselt und ausgerechnet jetzt, in dieser hochbrisanten politischen Lage wählst du die Likud-Partei! Das kann ich beileibe nicht fassen."
Tante Selda schlürfte weiter seelenruhig ihren Tee, während Kamerad Gur sich hinter seiner breit aufgeschlagenen Zeitung stur verbarrikadierte.
Dass Vati und Tante Selda sich nicht sonderlich mochten, war ihr zu viele Jahre verborgen geblieben. Vielleicht war

das kleine Kind Rachel einfach zu naiv gewesen, um die unzähligen Risse in der bedrohten Fassade ihrer Welt wahrzunehmen.
Pünktlich fünf Minuten vor dem Beginn des Abendessens verabschiedete sich ihre Tante freundlich und verschwand hinter den verwirrend wechselhaften Facetten ihres Lebens bis zum nächsten Besuch. Die Freundschaft zu ihren Eltern verkümmerte aber zu einer zuweilen nervenaufreibenden Angelegenheit. Jeder bemühte sich fortan freundlicher zu sein, mit immer geringerem Erfolg. Der Bruch dieser langjährigen Freundschaft war überfällig, aber die beteiligten Protagonisten verabscheuten den Abschied und schoben diesen bis zum Grab vor sich her.
„Sie taten es auch wegen des großen Krieges, Ruchale. Wegen des verfluchten Krieges und wegen dir."
Vati und Mutter konnten die einzige Tante ihrer Tochter nicht einfach so aus ihrem Leben verbannen.
Aber Tante Selda war nicht wirklich ihre Tante!
„Doch das war sie, aus vollem Herzen."
Als sie ihre Tante zwei Tage vor dem Ableben am Krankenbett besuchte, verkündete die todkranke Frau strahlend „Mädchen, ich brauche einen Tapetenwechsel. Mir ist allmählich langweilig geworden hier auf deiner Erde, deswegen freue ich mich mächtig auf meinen baldigen Umzug ins Himmelsreich!"

Sie setzt sich langsam auf die zweite Treppe.
„Viel zu langsam."
Die unbeliebten Botschafter ihrer Schmerzen sind zurückgekehrt. Kleine und gemeine Feuerbälle zischen durch ihre Adern. Hin und her.
Sie muss dringend ihr Bewusstsein verlieren.
„Dann tu es endlich."
Nein.
„Bitte, tu es endlich!"

Nein, es ist noch nicht soweit.
„Es ist soweit."
Noch nicht.
„Wann soll es geschehen?"
Gleich.
„Warten wir auf jemanden oder irgendwelche neue Erkenntnisse?"
Weder noch.
Was dann?
Wir halten durch, nur noch zwei unbedeutende Minuten.
Bitte!

Kapitel 35

Zwei Minuten vor fünf.
Es gab tatsächlich Zeiten, da glaubte sie tief und fest eines hellen Tages endlich Herrin ihres Schicksals zu werden.
Ob sie es in den verbleibenden 120 Sekunden schaffen wird?

„Herr Gur, Ihre Tochter besitzt ein Elefantengedächtnis", schwärmte Frau Shavit, ihre Lehrerin in der Grundschule. Ihr Vater sah sie stolz an und legte für einen viel zu kurzen Moment seine weiche Hand auf ihren kleinen Kopf.
Ja, sie besaß noch immer das sogenannte „Elefantengedächtnis". Auch jetzt, während sie bewusstlos sanft zu Boden fiel. Das geschah, als Millionen kleine Uhrzeiger endlich die Ziffer fünf anzeigten!
Sie konnte sich noch immer an ihre letzte Begegnung mit Adnan erinnern. Selbstverständlich auch an die letzte Begegnung mit Wolfgang. Sogar an den genauen Beginn ihrer lauter Selbstgespräche, in der Frankfurter Wohnung konnte sie sich noch genau erinnern.

Rachel Gur liegt wenige Wochen vor ihrem Geburtstag auf dem Boden. Leicht wie eine Feder. Zum ersten Mal in ihrem Leben ist sie endlich einen ganzen Monat vor dem Quartalsbeginn krank. Anscheinend sogar schwer krank.
Moti, der gute Nachbar, ist wieder da. Wo ist seine Freundin? Er bückt sich zu ihr und spricht sanft. Seine Lippen bewegen sich, aber sie kann seine Stimme nicht hören.

Adnan war verrückt nach Torten. Bei ihrer letzten Begegnung im Café Casit, dem legendären Bohemientreff in der Dizingof Straße, bestellte er sich eine Schwarzwälder Torte, und sie musste einfach lachen. Einen Araber, der eine deutsche Torte bestellt, fand sie damals furchtbar lustig. Er blieb ernst und war vielleicht auch beleidigt, weil der Zeitpunkt für Scherze unpassend war.

Auf einem fernen Stern lärmt das Heulen einer Krankenwagensirene und Moti ist noch immer da. Wie lieb von ihm. Er streichelt ihre verschwitzte Stirn.

Adnans erste Worte waren „Es hat keinen Sinn mehr." Sie lachte aus Verlegenheit. Vielleicht fand sie auch seine Mimik übertrieben ernst. Die Wahrheit pocht auch in diesem schweren Moment vehement und unmissverständlich auf ihr Daseinsrecht. Ihre heitere Reaktion entstand nur aus einer kindlichen Verweigerung, die sich anbahnende Trennung wahrzunehmen.

Er ist in dem gleichen Jahr wie sie geboren, in einem ärmlichen Dorf in Ober-Galiläa. In der Lehmhütte seiner Eltern gab es keinen Strom und kein fließendes Wasser, geschweige denn Bücher, Radio oder Zeitungen. Seine Eltern waren Muslime, die im Unabhängigkeitskrieg 1948 die Eroberung ihres Dorfs in Ober-Galiläa überlebt hatten. Die drusischen Angreifer hatten Mitleid mit den letzten Überlebenden des zerstörten muslimischen Dorfes und ließen sie eine bescheidene Hütte am unfruchtbaren Rand ihrer Siedlung bauen. Das Dasein als Mitglied einer benachteiligten Minderheit war Adnan deswegen schon seit seiner Geburt vertraut.

Die Liebe zu einer Jüdin war, nach seinen Worten eine reine Utopie. Die Utopie einer Völkervereinigung, die niemals den Segen des Rests der Welt bekommen wird.

Er bestellte sich noch einen Kaffee Hafuch, und sie lächelte fortwährend. Adnan war ihre allererste große Liebe gewesen. Die Liebe zu dem gelockten Mann mit der unglücklichen Herkunft glich einer schmerzhaften Bindung, ohne

Aussicht je einen gemeinsamen Sonnenaufgang zu erleben. Deswegen lächelte sie fortwährend, weil sie befürchtete ihre Machtlosigkeit gegenüber dem allmächtigen Schicksal könnte sie ihres Stolzes berauben. Dann hätte sie Adnan vergeblich angefleht zu bleiben.

Sie liegt noch immer auf dem Boden des Treppenhauses in der Mahze-Straße.
Ein kleiner Mann in weißer Kleidung spricht zu ihr, aber sie kann ihn nicht hören. Er misst ihren Puls und spricht zu einer unsichtbaren zweiten Person.

Drei Stücke Schwarzwälder Torte hat ihr Liebster während der halben Stunde Aufenthalt im Café vertilgt. Es war seine Gradlinigkeit im Umgang mit dem Schicksal, um die sie ihn beneidete. Sie begegnete dem Untergang mit einem verlegenen und blutleeren Lächeln. Er versuchte, die bittere letzte Begegnung ausgerechnet mit Torten aus deutscher Herkunft zu entschärfen.
Adnan liebte seine Mutter über alles. „Meine Mutter kann nicht lesen und schreiben. Das tut manchmal so weh.", flüsterte er eines Nachts, und sie beneidete ihn um seine grenzenlose Liebe zu seiner Mutter.

Noch ein Mann mit weißer Kleidung taucht in ihrem verschwommenen Blickfeld auf. Er bückt sich zu ihr und tastet nach den Adern in ihrer rechten Hand. Seine Lippen bewegen sich, aber sie kann ihn nicht hören. Er spricht jetzt lauter, aber sie kann ihn trotzdem nicht hören.

Nach einer halben Stunde verließen sie das Café und widmeten sich beinahe feierlich ihrem letzten gemeinsamen Spaziergang am Strand. Zwei Jahre zuvor hätte sie ihm vielleicht gesagt, dass wahre Liebe jede nationale oder religiöse Barriere sprengen kann. Damit wäre aber auch

ihre Liebe zu einer sogenannten „politisch nicht unproblematischen Liebe" degradiert worden. Aber sie liebte ihn doch ohne Vorbehalt aus ganzem Herzen!
Der junge Araber sprach über seine Pläne, ein Landwirt in Galiläa zu werden, wie sein Vater und sein Großvater. Sie schwieg, weil ihr Vater und Großvater in Deutschland geboren waren.
Genau um 17 Uhr umarmte er sie für einen kurzen Moment, küsste sie auf ihre Lippen und stieg leichtfüßig in den Bus Nummer 5. Er hatte es eilig, den zentralen Busbahnhof zu erreichen, weil genau 15 Minuten später von dort der Bus nach Haifa fuhr. Adnan war kein Student mehr und hatte keine Bleibe in der großen jüdischen Stadt. In einer archaischen Lehmhütte am einsamen Rand eines Dorfes in Ober-Galiläa wartete auf ihn geduldig eine Mutter, die nicht lesen und schreiben konnte. Ihre Eltern hingegen konnten in drei Sprachen lesen und schreiben, aber sie schafften es in keiner dieser Sprachen, ihre Welt mit ihrer Tochter zu teilen. Sie sprach zu ihren Eltern in zwei Sprachen, aber wurde trotzdem nie verstanden.

Ein dritter Mann in weißer Kleidung taucht im Treppenhaus auf. Er strahlt die Autorität eines Arztes aus.
Wie lang sind die Sanitäter schon da?
Wo ist Moti?
Der Arzt sucht eine freie Ader in ihrem Arm.

Erst als Adnan in den Bus stieg, war ihr klar geworden, dass die Trennung von ihrem arabischen Freund zugleich schonungslos ihre Unfähigkeit manifestierte, sich auf Dauer von ihren Eltern zu emanzipieren. Sie wurde nach nur zweijährigem Leben in Freiheit ausgerechnet wegen ihrer Liebe zu einem Araber zu einem ewigen Dasein als Opferkind verdammt. Ein alterndes Kind, aber niemals eine Erwachsene. Für immer ein Opfer der zweiten Generation.

Wenn die laut denkende Rachel noch sprechen könnte, hätte sie spätestens jetzt laut und deutlich „Nein!" geschrien.

Moti ist noch da. Er spricht mit dem Arzt. Wo ist seine neue Freundin?
Das Treppenhaus duftet wieder nach Pfirsich und der toten Ratte. Eigentlich mehr nach dem synthetischen Pfirsichduft des Reinigungsmittels. Vielleicht weil sie auf dem Boden liegt.

Die Trennung von Adnan war zugleich die traurige Geburtsstunde ihres Entschlusses, Israel für immer zu verlassen. Ihre Eltern waren schuldig an dem Untergang ihrer Liebe zu Adnan, deshalb wollte sie die beiden bestrafen. Dafür schämte sie sich jahrelang zutiefst. Ihre Eltern waren doch Kriegsopfer. Schuldunfähige und zutiefst bedauernswerte Menschen.

Es wäre gut, wenn jemand ihre Einkäufe endlich nach Hause tragen würde, um sie unverzüglich im Kühlschrank zu verstauen. Schade um die schönen Lebensmittel. Vier Tüten voller Nahrung bedeuteten doch eine volle Woche Überleben am tiefsten Punkt des jüdischen Abgrunds.
Hallo! Wir leben in Israel. Der große Krieg ist längst vorbei.
Hat sie diesen bescheuerten Satz laut gesprochen? Und wenn ja, tat sie es in Deutsch oder Hebräisch?
Rachel Gur kann doch jetzt keinen Laut von sich geben, denn sie liegt bewusstlos auf dem Boden. Kühl und angenehm fühlt der sich an. Eigentlich geht es ihr so gut, wie seit langem nicht, wäre nur der Kadavergestank endlich aus der Stadt verschwunden.

Adnans Eltern und wahrscheinlich keiner der vierzig Familien im Dorf besaßen damals einen Telefonanschluss. Ein einziges öffentliches Telefon stand verschämt am Eingang des Dorfes, versteckt unter dem Schatten eines fünfhundert Jahre alten Olivenbaumes. Öfter wählte sie in manchen einsamen Nächten vergeblich die Nummer des öffentlichen Telefons in Ober-Galiläa in der Hoffnung, Adnan wartete vielleicht in hörbarer Nähe auf ihren Anruf.
Genau an dem Tag ihres Umzuges nach Deutschland bekam seine Familie den ersten privaten Telefonanschluss im Dorf. Der Araber wäre der einzige Mensch gewesen, der sie hätte überreden können in Israel zu bleiben. Irgendwelche mächtigen Götter oder andere bösen Geister im Himmel waren sich aber leider einig geworden: Rachel Gur muss für die volle Dauer von vier Jahren aus ihrer Heimat verbannt werden.

Jemand schiebt eine Trage auf Rädern ins Treppenhaus.
Mehrere Hände heben sie hoch. Zu hoch!
Der Arzt spricht zu ihr. Er könnte auch ein Araber sein.
Woher willst du das wissen?
Weil er sie an Adnan erinnert.
Warum?
Gefühle!
Seine schwarzen Augen waren permanent eingebettet in einen schimmernden, schwarzen Ozean voller meterhohen Wellen aus unbegreifbaren Emotionen.
Der arabische Arzt steckt eine unsichtbare Nadel in eine blaue Ader. Vermutlich ihre.

Manchmal nannte sie ihn „Adi". Vordergründig war es lediglich ein harmloser Akt der Verkürzung seines Namens, aber damit verwandelte sie „Adnan" in einen modernen israelischen Namen.

Hinter diesem Wortspiel verbarg sich die verzweifelte Utopie eines aussichtslosen Kampfes um die Rettung ihrer Liebe zu einem arabischen Mann. Sie bot ihm eine aussichtslose Integration gegen eine bedingungslose kulturelle Kapitulation. Er lehnte ihr Angebot stolz und selbstbewusst ab.

Der Arzt misst ihren Puls und fragt sie nach ihrem Wohlbefinden. Vergeblich, sie kann ihre Lippen nicht bewegen. Ihr Körper ist völlig gelähmt, aber nicht ihr Geist. Er beschenkt sie vor dem breit geöffneten weißen Tor zum großen Ende mit kristallklaren Gedanken.
Die Armbanduhr des Arztes verrät ihr, dass es jetzt genau fünf Uhr ist.
Früher stand die Zeit zuweilen still. Heute rennt sie einfach davon und lässt sie mit ihren Ängsten und Hoffnungen zurück.
Aus einem farblosen Plastikbeutel fließt Tropfen für Tropfen farblose Flüssigkeit in ihre Adern.

Wolfgang!
Hatte sie seinen Namen laut gesprochen?
Unmöglich!
Ja oder nein?
Ein klares Nein.
Bist du ganz sicher?
100 Prozent sicher.
Die zweite Rachel hat sie nicht verlassen!
Sie mischt sich in alles ein, vorläufig im Stillen.
Ja, sie liebte Wolfgang. Sie liebte ihn sogar sehr.
Kannst du dich noch an eure letzte Begegnung erinnern?
Die allerletzte?
Ja.
Bitte, bitte!

Es war wieder die andere Rachel, die sich zu Wort meldete. Früher hieß sie die „laut denkende Rachel".
Ob diese Rachel je wieder laut denken wird?
Das werde ich noch öfter tun.
Nein, das wirst du nicht mehr tun, weil alle Fragen längst beantwortet oder verjährt sind.
Mit Adnan wollte sie jeden Morgen auf Galiläas höchstem Berg erwachen. Mit Wolfgang wollte sie in einem kleinen Dorf im Taunus eine glückliche Familie gründen. Wolfgang stand stellvertretend für die Versöhnung und Adnan für die Hoffnung auf Frieden.
Aber wo blieb am Ende aller Wege die wahre Liebe?
Einsam und verlassen in den Wäldern des Taunus und vielleicht im Norden des Landes in Ober-Galiläa.

Der Arzt merkt, dass sie heimlich weint. Seinen funkelnden schwarzen Augen entgeht nichts. Nein, sie schämt sich ihrer Tränen nicht.
Gleich bekommt sie eine Spritze von Doktor Adnan.
Er ist nicht Adnan!
Die andere Rachel kann sogar der Tod nicht besiegen.
Niemals!

Die Erinnerung an ihre letzte Begegnung mit Wolfgang vergaß sie nie, aber sie verdrängte sie Tag für Tag bis zur seelischen Erschöpfung, zwei Jahrzehnte lang.
Verdrängung bedeutet verheimlichen. Niemand darf es wissen. Die Fassade muss makellos bleiben, egal wie hoch der Preis am Ende ist.
Bis die immer dünner gewordene Fassade in sich zusammenstürzt.
Implodiert!
Ohrenbetäubend und dennoch ungehört, wie der Schrei der Opfer.

Die Ermordung von 6.000.000 Juden im Zweiten Weltkrieg wird auf ewig unverdaut im Magen der Geschichte liegen bleiben. Auch 6.000.000 Bücher und Forschungsprojekte werden an dieser verheerenden Tatsche nichts ändern können. Als letzter Ausweg bleibt zu oft das Verdrängen oder das strikte Verheimlichen.

Sie und Wolfgang hatten gehofft, gerüstet mit den schützenden Lederanzügen und Helmen dem Sog des Untergangs ihrer Eltern erfolgreich entfliehen zu können.
An manchen sonnigen Tagen schien der befreiende Sieg auf sie hellstrahlend in greifbarer Nähe zu warten. Hinter den verlassenen Asphaltkurven und auf stillen Waldparkplätzen, die nach feuchtem Unterholz dufteten.
Ihre allerletzte gemeinsame Motorradtour im Taunus fand Mitte August statt. Es war zugleich ihre letzte Begegnung.

Pünktlich um acht Uhr saß sie bekleidet mit ihrer schwarzen Motorradkombi in ihrer Küche. Dreißig Minuten später wartete sie noch immer auf dem gleichen Stuhl. Wolfgang hatte sich zum ersten Mal verspätet.
Als sie um viertel vor neun beabsichtigte, sich von ihrer Motorradmontur zu befreien, klingelte das Telefon. Es muss Wolfgang sein, dachte sie und eilte zum Apparat, doch es war Anat. Voller Begeisterung plauderte ihre israelische Freundin über den gelungenen zweiwöchigen Urlaub auf den Philippinen. Als Anats Redebedarf endlich gestillt war, verriet sie ihrer Freundin, dass es ihr noch nicht gelungen war den Mut zu fassen, sich von ihrem deutschen Freund zu trennen, obwohl ihr Entschluss, Deutschland zu verlassen, seit etlichen Monaten feststand. Anat schwieg einen unerträglich langen Moment, um am Ende lakonisch „armer Wolfgang" zu murmeln. Zwei Minuten später kehrte die Stille in die Wohnung in der Keplerstraße zurück.

Genau um elf Uhr klingelte ihr Telefon zum zweiten Mal. Dieses Mal war es Wolfgang!
Er habe wegen eines Notfalles in die Klinik gemusst, entschuldigte er sich. Sie hörte seine Stimme und weinte leise. Sie beweinte das Scheitern ihrer Flucht und das Scheitern ihrer Beziehung zu dem gütigen, deutschen Arzt.
Wolfgang war schon länger in das Geheimnis ihrer baldigen Rückkehr nach Israel eingeweiht, aber trotzdem wagte auch er nie, das Wort Trennung zu erwähnen, vielleicht weil sie es tun musste. Sie ging, während er allein in der Stadt zurückblieb. Einsam in einem Land, in dem seine einzigen Freunde schwerkranke Menschen waren.
Genau um zwölf Uhr begann ihre letzte gemeinsame Motorradtour in den Taunus.

Rachel Gur liegt noch immer auf der gleichen weißen Trage im gleichen Treppenhaus. Noch ein Arzt ist eingetroffen. Sie bekommt eine zweite Spritze.
Wie spät ist es jetzt?
Ist sie in Lebensgefahr?
Der zweite Arzt hat blaue Augen. Er ist beinahe blond.
Wie lustig, er sieht wie ein waschechter Deutscher aus!
Das war die zweite Rachel. Die furchtlose Rachel.
Durch und durch eine Israelin und kein bisschen „Jekin".

Auf dem Frankfurter Alleenring staut sich eine lange Blechlawine. Wolfgang manövriert sein Motorrad geschickt aus dem Stau.
In wenigen Wochen wird sie Deutschland verlassen. Die Wohnung in der Keplerstraße hatte sie fristgerecht gekündigt und auch schon einen neuen Arbeitsplatz in Tel Aviv gefunden. Sie hatte Wolfgang diese Tatsache mitgeteilt, ohne ihre Trennung, die sich dadurch unaufhaltbar anbahnte, auch nur mit einem einzigen Wort zu erwähnen.

Jetzt rollen sie immer schneller und lauter der Autobahn entgegen. Der Wind peitscht auf die beiden Reiter in Schwarz mächtig von allen Himmelsrichtungen ein. Sie klammert sich stärker an seinen breiten Rücken, und er lehnt sich ihr, einen winzigen und dennoch entscheidenden Millimeter, entgegen.
Ja, er liebte sie noch immer.
Noch immer und für immer, Ruchale. Bis zum letzten einsamen Atemzug!
Sie liebte Wolfgang so sehr, für alle Ewigkeit. Sogar jetzt, Jahrzehnte später, am silbrigen Rand des Abgrundes, bewusstlos auf einer Trage liegend, in einem schmucklosen, stinkigen, seelenlosen Treppenhaus.

Wolfgang jagte sein Motorrad dem Norden entgegen, immer näher an die Berge am Horizont, und es hatte den Anschein, als rollten sie keinen einzigen Meter vorwärts. Es war die grüne Landschaft und die ganze Welt der Juden, der Araber und der Christen, die an ihnen vorbei raste.
Der Abstand zur Realität ist jetzt nicht mehr einzuholen.
Ob auch Wolfgang es bemerkte? Er verlangsamte das Tempo deutlich und bewegte seinen Oberkörper dezent nach vorne.

Ihr Mund ist scheußlich trocken geworden. Sie versucht das Wort „Wasser" zu flüstern, aber es gelingt ihr nicht.
Wie oft stöhnten Menschen in Kriegsnot in Hunderten von Sprachen das Wort „Wasser"?
Rachel Gur braucht kein Wasser, sie bekommt eine Infusion und die Sanitäter werden sie bald ins Krankenhaus transportieren.
Sie könnte einfach ihr Bewusstsein für immer aufgeben.
Eine halbe Stunde wird uns auch reichen.

Wie rührend, die zweite Rachel will leben. Sucht nach einem Ausweg, aber was kann sie ausrichten, wenn das Herz bald stehenbleiben wird?
Dann gebe ich endlich auf!

Wolfgang und sie rollen zum letzten Mal als lebendige Einheit dem Taunus entgegen.
Wie schade, er nimmt die Kurven zahmer denn je. Hat er Angst um sein Leben oder vielleicht nur um das ihre? In einem Jahr wird er den Kampf um das Leben seiner Patienten und sein eigenes endgültig aufgeben.
Vielleicht wusste er das damals noch nicht.
Aber sie ahnte es.
Das ahnte niemand, auch du nicht!
Rachel zwei hat Recht. Gerne hätte sie sich bei ihr entschuldigt.

Das Handy des arabischen Arztes summt. Er öffnet die Klappe seines tragbaren Telefons und hält es an sein Ohr.
Der Araber ist Linkshänder!
Das gibt es doch nicht!
Er ist Linkshänder genau wie Adnan.
Ja, wie Adnan.

Wolfgang lenkt das Motorrad auf einen Parkplatz am Waldrand. Diesen stillen Wald besuchen sie nicht zum ersten Mal. Ihr allererster Ausflug hatte sie auch hierhergeführt. Er lächelt verlegen und befreit sich stöhnend von seinen Handschuhen und seinem Helm. Ein silbriges Haar schimmert einsam in seiner schwarzen Mähne.
Hand in Hand marschieren sie durch seinen Wald. Alle dieser wunderbaren Bäume sind seine. Nicht mehr ihre, weil sie dem Land bald den Rücken kehren wird. Sie wird Deutschland verlassen und den Mann, mit dem sie eine Familie gründen wollte. Die Vogelgesänge hallen von ganz

weit her. Fremdartig. Unnahbar wie das ständige Knacken von unsichtbaren Bäumen in einem mächtigen und dichten dunkelgrünen Wald, der in Israels trockenem wüsten Klima nie gedeihen könnte.
Als sie vor dem Ausflugslokal standen, umarmte er sie einen langen Moment. Sie schloss ihre Augen, roch seinen Atem, seinen leicht bitteren Schweiß und das schwarze zerknitterte Leder, das ihn von der sündigen Außenwelt trennte, bevor sie ihn für immer verlor.
Im Lokal schien die Agonie des naherückenden Abschieds vorläufig verflogen zu sein. Vielleicht wegen der Lebensfreude der anderen Gäste. Es waren jene Menschen, die nirgendwohin fliehen mussten oder wollten. Sie trennten sich nicht von ihren Partnern und sprachen ihre Muttersprache in ihrer Heimat.
Wolfgang bestellte ein Jägerschnitzel. Sie bestellte sich einen Milchkaffee und ein Stück Streuselkuchen mit Sahne.
Er erzählte ihr von seiner gestrigen Begegnung mit einem guten Freund aus Studentenzeiten, der von einer langen Motorradreise durch Süd-Amerika zurückgekehrt war. Sie erzählte über Anats Reise auf die Philippinen. Als die gesprochenen Worte zur Neige gingen, verließen sie das Lokal.
Eine Stunde später erreichten sie die Altstadt von Limburg. Ein strahlend blauer Himmel ragte unbegreiflich mächtig und fern über der mittelalterlichen Stadt. Er nahm ihre Hand und führte sie durch die Gassen. Alle ihre Exkursionen durch fremde Städte waren letztendlich die Häufung von Fluchtversuchen zu einer imaginären Oase, in der sie endlich Schutz vor dem bitteren Erbe ihrer Eltern finden konnten.
Kurz vor achtzehn Uhr fuhren sie heimwärts.
Um sieben Uhr abends erreichten sie die Eckenheimer Landstraße.

Sie reihten sich in die Warteschlange vor dem Eiscafé ein, bestellten sich Cappuccino und setzten sich an einen freien Tisch, um gemeinsam und jeder ganz für sich allein zwanzig Minuten seinen Kaffee zu trinken.
Um halb acht verließen sie das Café. Sie ließen das schwarze BMW-Motorrad in der Eckenheimer Landstraße stehen und liefen Arm in Arm zur Keplerstraße.
Seit zwei Monaten wohnte eine türkische Familie in der Wohnung des verstorbenen Hausmeisters. Das Lärmen der raufenden Kinder schallte von morgens bis spät in die Nacht durch das Treppenhaus. Öfter hörte sie auch die Stimmen der türkisch sprechenden Eltern, aber seltsamerweise hatte sie die neuen Mieter bisher noch kein einziges Mal zu Gesicht bekommen.

Der arabische Arzt fragt, ob sie ihn hören könne. Nein, sie kann ihn nicht hören, sie liest nur seine Lippen und seit mehreren Dekaden kann sie nicht mehr sprechen.
Merkwürdigerweise kann sie die Geräuschkulisse der Stadt hören, aber vielleicht bildet sie sich das auch nur ein.
Du willst den armen Arzt überhaupt nicht hören, weil du aufgeben willst!
Stimmt nicht.
Doch, gib es endlich zu!
Wolfgang hatte eine wunderbare Stimme, aber er wagte sich nur, unter der Dusche zu singen. Meist sang er Lieder von Pink Floyd.
Bist du sicher?
Nein. Nach so vielen Jahren war sie sich doch nicht mehr so sicher.
Dein Elefantengedächtnis lässt wohl nach.
Während er sich duschte, schnitt sie einen frischen bunten Gemüsesalat mit vielen Zwiebeln, deckte den Tisch und zündete zwei gelbe Kerzen an. Einen der Kerzenhalter

platzierte sie gekonnt auf dem alten verblassten Rotweinfleck.
Es waren zwei rote Kerzen.
Nein, es waren zwei gelbe Kerzen.
Und die Kerzenhalter waren aus Silber?
Nein, aus Kristall.
Als er barfuß aus dem Badezimmer tappte, legte sie zwei blutrote Rindersteaks in die heiße Pfanne und Wolfgang schnitt das frische Baguette in winzige, gleichmäßig dicke Scheiben.
„Das Steak schmeckt köstlich", sagte er und lächelte die Frau an, die nur viertausend Kilometer und einen einzigen Weltkrieg entfernt von ihm saß.
„Lass es dir schmecken", flüsterte sie ihm aus der fernen Stadt am Ufer des Mittelmeers zu.
Er schenkte trockenen spanischen Rotwein in ihr Glas und jungen italienischen Rotwein in seins. Sie bedankte sich leise und senkte überwältigt von seiner unerschütterlichen Herzlichkeit ihre Augen zu Boden. „Wohl bekomm's, meine Liebe.", sagte er und wagte, sie einen kurzen Moment liebevoll anzuschauen.

Der arabische Arzt streichelt kurz ihre rechte Gesichtshälfte und fragt sie nach ihrem Befinden. Sie kann seine Stimme noch nicht hören, aber sie liest seine Lippen. In wenigen Sekunden wird sie aus dem Treppenhaus getragen. Genau um fünf Minuten nach fünf.
Nach dem misslungenen Versuch gemeinsam einen neuen Anfang fern der Tragödie ihrer Eltern zu finden, ausgerechnet an dem Ort, an dem ihr Unglück lange vor ihrer Geburt seinen Lauf nahm, verschanzten sich Rachel und Wolfgang auf dem Sofa in einem von nur zwei Kerzen beleuchteten Wohnzimmer.
Habt ihr miteinander geschlafen?
Spielt es irgendeine Rolle?

Ja, auf jeden Fall.
Nein, wir taten es nicht.
Bist du sicher?
Ziemlich.
Schade.
Sie lagen auf dem grünen Sofa, klammerten sich friedlich aneinander und warteten, bis die Schrift „Ende" auf einer himmelgroßen weißen Leinwand erschien.
Wie im Kino.
Ja, wie im echten Kino.
Um elf Uhr nachts verstummte die Musik. Donald Fagens LP drehte sich noch einige Sekunden auf dem Plattenteller bis zum endgültigen Stillstand.
Fünf Minuten nach elf standen sie sich an der Eingangstür ihrer Wohnung zum letzten Mal gegenüber. Wolfgang fragte, bevor er ging, ob sie ihn je geliebt hätte. Sie brach in Tränen aus und blieb ihm, sich und dem trüben Himmel über ihren zwei Seelen die seit beinahe vier Jahren überfällige Antwort schuldig.
Er senkte seinen Kopf, berührte mit seinen Lippen ihre Stirn und verschwand schweigend für alle Zeiten aus ihrem Leben.
Von ihrer letzten großen Liebe blieb nur der Geruch von verschwitztem Leder und heißem Kerzenwachs zurück.
Genau um Mitternacht knarrte das Parkett ihres Wohnzimmers nur einen einzigen Moment, dann stürzte das unsichtbare Wesen stöhnend zu Boden. Es brach zusammen, ohne das große Fenster zur Freiheit zu erreichen.
Sie stand auf und rannte in den Raum, der nur von einem Kerzenstummel spärlich beleuchtet und ihr völlig fremd war. Dort lag auf dem nackten Holzboden der leblose Körper einer Frau namens Rachel Gur!

Epilog

Gedanken über die unbeantwortete Frage nach dem Recht auf ein zweites Leben.

Kapitel 36

Ein Jahr später.
Deutschland.
Frankfurt am Main
August 2008.
Freitags.
Vor dem Eiscafé Christina in der Eckenheimer Landstraße stehen etwa zwanzig Männer und Frauen. Sie überquert die Straße und reiht sich in das Ende der Warteschlange ein.
Nein, es sind nicht die gleichen Männer und Frauen, die hier vor zwei Dekaden standen. Die heutigen Protagonisten sind viel jünger und lauter. Einige von ihnen stammen sicherlich aus einem anderen Teil der Welt.
Rachel bestellt sich einen Latte Macchiato und setzt sich draußen an einen der freien Tische um festzustellen, dass zwei volle Jahrzehnte spurlos an Deutschland vorübergegangen sind. Auch hier in ihrem alten Eiscafé hat sich nichts verändert. Nicht mal die Tische und die Stühle davor.

„Deutschland ist das Land der tausendundeinen Wiederholungen."
Ein typisches Wolfgang-Zitat. Brillant, zynisch, lakonisch und immer tödlich, nahe an der Wahrheit.
Sie ging zur gleichen Jahreszeit immer in dasselbe Eiscafé und besuchte im Taunus stets das gleiche Waldlokal. Stieg in die U-Bahn immer durch die gleiche Tür zum gleichen Zeitpunkt ein und suchte unzählige Male an den gleichen Orten die erlösende Antwort auf die gleichen Fragen.

Gestern schien eine wunderbare Sonne einen Tag lang über ganz Deutschland und sie fuhr, Esthers dringenden Mahnungen zum Trotz, mit einem kleinen Mietwagen, ei-

nem roten Suzuki, zu Wolfgangs letzter Ruhestätte in seinem winzigen Geburtsort oberhalb des Rheins.
Vier friedliche Stunden verweilte sie dort. Das Haus seiner Eltern konnte sie nicht finden, und in den kleinen Gassen des malerischen Dorfes begegnete sie keiner Seele.
Hinter der alten evangelischen Kirche am Rande des Dorfes entdeckte sie den kleinen Friedhof. Wolfgangs Grab fand sie nach nur wenigen Minuten.
Die vertrockneten Pflanzen vor seinem Grabstein verrieten still, nüchtern und pietätvoll die Tatsache, dass der Verstorbene seit Jahren keinen Besuch mehr bekommen hatte und dass es in Zukunft wahrscheinlich so bleiben würde.
Wenn Wolfgang nur noch ein einziges Mal neben ihr auf der alten Holzbank sitzen könnte. Er hätte dann einen wunderbaren Blick auf den mächtigen Fluss, der wie eine blaugrüne Schlange zwischen steilen Weinreben und malerischen Burgen fließt, mit ihr erleben können. Als sie weg ging, breitete sich im Dorf allmählich das lange Warten aus. Ohne Grund. Ohne Zeugen.

Irgendjemand hatte in seinem Eifer die Kaffeebohnen zu lange geröstet. Der Latte Macchiato war unerträglich bitter. Ohne den Kaffee zu trinken, verließ sie nach wenigen Minuten den Eissalon.
Wenn sie sich beeilen würde, könnte sie die Zwölf-Uhr U-Bahn nach Oberursel noch rechtzeitig erreichen.
Vom Eiscafé fuhr sie nur zwei Stationen mit der U5. Die Strecke verlief anfangs überirdisch und endete unterirdisch in der Station Konstablerwache. Dort stieg sie in die U7 um und fuhr genau eine Station bis zur Hauptwache. Auch im Frankfurter U-Bahnnetz hatte sich seit zwei Jahrzehnten nichts geändert.
Pünktlich um zwölf Uhr mittags fuhr die U3 aus der Station Hauptwache ab. Hinter dem Alleenring rollte der Zug langsam aus dem finsteren Tunnel direkt in die Arme eines

lauen Sommertags in einem fremden Land. Ab der Station „Am Weißen Stein" blieb sie allein in der Bahn. Es handelte sich doch lediglich um eine von vielen deutschsprachigen Wiederholungen in ihrem Leben. Sie beschloss an der nächsten Station, die U-Bahn zu verlassen, aber blieb wie gefesselt auf ihrem Sitz. Vielleicht gelang es ihr nicht, weil sie nie den Mut und die Kraft hatte, um aus der immer gleichen Wiederholungsschleife zu entfliehen. Möglicherweise hat sie es einfach nicht mehr nötig.
Bis Oberursel würde sie einsam in der leeren Bahn sitzen und die unwirklich sanfte und unschuldig wirkende Landschaft bedächtig betrachten.
In der Endhaltestelle „Hohemark" stieg sie aus und lief in schnellen Schritten den Bergen, die eigentlich nur bewaldete Hügel waren, entgegen.
Sie konnte schwören, nie hier gewesen zu sein, wohl ahnend, dass sie sich irrte.
Vielleicht war sie in ihrem vorigen Leben und möglicherweise bereits vor zwei Jahrzehnten hier.
Drei Minuten vor zwei fiel ihr das Atmen zunehmend schwerer. Lästiger Schweiß breitete sich auf ihrem Gesicht und von dort an ihrem ganzen Körper aus.
Nein, sie muss den Weg zum Fuchstanz nicht bis zum Ende gehen, nur um im Waldlokal das alt vertraute Zugehörigkeitsgefühl für Deutschland wieder zu einem kurzen Leben zu erwecken.
Wenn sie ihr Ziel aufgeben wollte, wäre es jetzt der richtige Zeitpunkt, dachte sie erleichtert. Rachel wischte mit einer schnellen Handbewegung die Haare aus ihrem Blickfeld und kehrte mit langsamen Schritten zurück zum Bahnhof am obersten Ende der kleinen Stadt im Taunus.

Dreißig Minuten nach sechzehn Uhr saß sie in der S-Bahn, die zum Flughafen fuhr.

Fünfundzwanzig Minuten nach achtzehn Uhr.
Die Lufthansa-Maschine rollt immer schneller auf einem breiten Asphaltstreifen, dann folgt der Sprung in die schwarze haltlose Leere.
Die flüchtigen Bilder von deutschen Städten, grünen Wäldern und winzigen Dörfern verblassen in der Tiefe. Gleich werden sie vielleicht für immer aus ihrem neuen Leben verschwinden.
Über zweihundert Passagiere sitzen eng aneinander gepfercht in einer Aluminiumröhre, ohne jegliches Interesse für einander aufkeimen zu lassen.
Der religiöse Sitznachbar Mitte Vierzig sondert einen penetranten Nikotin- und Schweißgeruch ab, aber es stört sie kaum. Die Tatsache, dass die merkwürdige Gestalt in Schwarz nicht aufhören wird bis zur letzten Minute des Fluges zu beten, wird sie wohl oder übel verkraften müssen.
In genau vier Stunden wird auch dieser Flug endlich der Vergangenheit angehören. Der anschließende lange und sinnlose Marsch im neuen verschwenderischen Flughafengebäude verkörpert, ähnlich wie die neuen Wolkenkratzer Tel Avivs, die postmoderne Utopie eines jüdischen Staates, den es nie geben wird.
Am kommenden Freitag fährt sie mit ihrem neuen roten Suzuki zum Markt in Shchunat Hatikva. Heute um Mitternacht besucht sie die Spätvorstellung in der Cinemathek in Tel Aviv. Darauf freut sie sich sehr.
Schön, aber!
Aber was?
Wirst du die Spätvorstellung alleine besuchen, oder viel leicht mit Begleitung?
Mit welcher Begleitung?
Einer Frau oder vielleicht einem Mann!
„Selbstverständlich allein."
Nein, sie führt keine lauten Selbstgespräche mehr.

„Gar nicht mehr?"
Sagen wir äußerst selten.
Ja, ganz selten und nicht in aller Öffentlichkeit.
„Du hast auch einen Freund, oder irre ich mich?"
Keinen neuen Freund.
„Kein neuer?"
Na ja. Sie und Beni sind nur ab und zu zusammen.
Rufst Du auch Adnan hin und wieder an?
Ja!
Dein neues Leben scheint irgendwie nicht ganz neu zu sein.
Muss ein neues Leben ganz anders sein als das alte?
Du meinst ein neues Lebenskapitel.
Neues Leben gefällt mir besser.
Von mir aus neues Leben.
„Das neu gewonnene Recht auf eine Zukunft unter den Lebenden muss sich der Mensch erst tapfer erkämpfen."
Diese Textzeilen kommen mir sehr bekannt vor.
Muss der gleiche arme und von Verfolgungswahn neurotisierte Jude vielleicht sogar ewig dankbar sein?
Tagtäglich.
Was noch?
„Des neuen Lebens im Judenstaat müssen wir mit viel Mut zur Opferbereitschaft würdig sein."
Jetzt reicht es aber!

Sei vorsichtig!
Warum?
Der mittelalterliche Religionsfanatiker in Schwarz, der neben dir wackelnd betet, hat dich gerade recht aufdringlich angeglotzt.
Du lenkst nur ab.
Tue ich nicht. Gleich wird er aufstehen und dich fragen, ob du ihn vorbei lässt.

Kannst du endlich dein Anliegen auf den Punkt bringen, und wenn es geht, noch vor der Landung in Ben Gurion? Aber bitte ohne weitere Zitate aus Vaters verstaubter Manuskriptkiste!
Nein, ich habe nichts Neues zu vermelden.
Das nehme ich dir nicht ab.
Du kannst mir ruhig glauben.
Dann frage ich dich nochmals: „Hat ein Mensch das Recht auf ein neues Leben, auch wenn das sogenannte neue Leben, dem vorherigen so furchtbar ähnelt?"

Die ersten Lichter von Tel Aviv reißen strahlend weiße Fenster in das dunkelblaue Gesicht der Nacht. Lange wird sie das Leben in ihrer beengten Heimat nicht verkraften können. Bald wird sie wieder ganz weit von hier wegfliegen.
Wohin verreisen wir schon wieder?
Wir?
Selbstverständlich du.
Ich habe keine Ahnung, wohin mich die nächste Reise führen wird.
Wieder nach Kreta?
Nicht in den kommenden zehn Jahren.
Nach Amerika?
Ein klares Nein!
Nach Deutschland?
Vielleicht.
Vielleicht?
Na ja.
„Also doch nach Deutschland."
Ja.
„Das dachte ich mir."

Das Flugzeug befindet sich im Landeanflug.
Wo landet die Maschine?

Vielleicht kennt Rachel B die Antwort auf diese Frage.
Rachel wer?
Rachel B!
„Es tut mir wirklich leid, ich kann mich an diese Person nicht erinnern."

Eine allerletzte Antwort bis du mir noch schuldig!
„Wenn du nur einen einzigen Menschen aus dem Reich der Toten wieder zum Leben erwecken könntest, wäre es Mutter oder Papa?"
Den deutschen Arzt!

Ufer Deiner Sehnsucht

Es war ein reißender Fluss, der unerbittlich Tag und Nacht
türkisfarbenes Wasser ins Meer trug.
Ein mächtig rollender, aus Wasser erschaffener Gigant,
der uns trennte.
Du warst das Ufer meiner Sehnsucht,
ein Ort, den ich nur erreichen könnte,
wenn der Fluss sterben würde.
Eines Sommers kam die große Dürre
aus einer fernen Wüstenregion.
Der Fluss verkümmerte zu einer traurigen Schlucht.
Jetzt ist die Zeit gekommen, dich endlich zu berühren.
So sehr ich mich bemühte, es gelang mir nicht,
die Schlucht zu überqueren,
weil ich zugleich das Ufer deiner Sehnsucht war.
Und so betrachten wir uns schweigsam,
Tag für Tag von den beiden Seiten einer tiefen Schlucht,
die einst ein reißender Fluss war.

Es gab Zeiten

Es gab Zeiten, die gab es tatsächlich.
Da konnte ich das genaue Ende
des Horizonts klar sehen,
auch wenn er sich meilenweit
hinter dem großen Blau versteckte.
Die Kriege fanden ganz woanders statt.
Eine Welt unter meiner Welt.
Es gab Zeiten, die gab es tatsächlich.
Da glaubte ich wahrhaftig,
die Kriege finden in einer Welt
unter meiner statt.

Unsichtbares Lächeln

Ich habe schon alles gehabt.
Ich habe es zurückgegeben.
Die Schwalben dem Frühling,
die Inseln an das Meer,
den Himmel an die Unendlichkeit.
Meine schönsten Lieder sang ich in eure Herzen,
Es sind meine Atemzüge,
zwei Lieder und ein Gedicht,
die mir geblieben sind.
Wenn ihr wollt, schenke ich sie euch.
Ein beinah unsichtbares Lächeln ruht auf euren Gesichtern.
Als ich heim kam, besaß ich sie noch:
meine Atemzüge, zwei Lieder, ein Gedicht,
und die Erinnerung an euer Lächeln!

Veröffentlichungen von Shmuel Kedi:

Auf ewig fremd ...jedoch nicht im Morgenland.
Roman. Glaré Verlag, 2004

Ein hauchdünner Mond.
- Gedichtband. Makista e.V., 2005

Jerusalem liegt am Nordpol.
Roman. Glaré Verlag, 2008

Eure Liebe ist größer.
Gedichte, Lieder, Bilder (mit Musik-CD). Makista e.V., 2014